Hans-Jürgen Frey
13 und 8 Märchen von der Liebe

Hans-Jürgen Frey

13 und 8
Märchen von der Liebe

Traumhaftes und Wahres

edition fischer

Bibliografische Information der Deutschen Nationalbibliothek
Die Deutsche Nationalbibliothek verzeichnet diese Publikation in der Deutschen Nationalbibliografie; detaillierte bibliografische Daten sind im Internet über http://dnb.d-nb.de abrufbar.

© 2008 by edition fischer GmbH
Orber Str. 30, D-60386 Frankfurt/Main
Alle Rechte vorbehalten
Schriftart: Palatino
Herstellung: Satz*Atelier* Cavlar / NL
Printed in Germany
ISBN 978-3-89950-378-4

Große Dinge

Große Dinge
sind immer einfach.
Auch
große Liebe
ist einfach.
Einfach immer Liebe

Inhalt

1 Indisches Tuch oder
 Warum Schmetterlinge alleine fliegen 9
2 Platsch! 20
3 Tante Lina 23
4 Eine blaue Tulpe 36
5 Die Frau hinter dem Schleier 38
6 In Anderland 52
7 Die Insel der Parias 55
8 Goldmondnacht 60
9 Am Strandbad 65
10 Land ohne Zeit 68
11 Die Fährfrau 70
12 Ein Bilderreigen 77
13 Der schwarze Ritter 79
14 Eine Liebeserklärung 90
15 Muti 94
16 Eine wundersame Geschichte am Rande 98
17 Kutschers Weihnacht 104
18 Die erste gemeinsame Nacht am Feuer 109
19 Ein gemeinsamer Ort oder
 Warum Bäume im Herbst die Blätter abwerfen ... 113
20 Kullerland 117
21 Kauri 120

1 Indisches Tuch oder
Warum Schmetterlinge alleine fliegen

Nori geht den schmalen Pfad der Wäscherinnen zum Fluss hinunter. Nori ist keine Wäscherin, aber sie kennt den Weg.

Sie ist ihn schon oft gegangen. Barfuß und mit einem Bündel Wäsche auf dem Kopf geht sie ihn auch heute wieder.

Nori trägt einen Sari aus indischem Tuch, ihr einzig Hab und Gut, ihr einziger Stolz.

Es ist Abend und sie ist müde.

An diesem Abend kommt ihr niemand entgegen. Es ist schon spät, der Waschplatz am Fluss ist leer. Die Wäscherinnen haben schon lange Feierabend.

Nori hat nie Feierabend. Nori geht erst schlafen, wenn alle anderen im Dorf schlafen. Nori ist schon wach, wenn alle anderen im Dorf noch schlafen.

Nori ist allein.

Nori hat keine Eltern, keine Geschwister, auch keinen Mann, der für sie sorgt.

Sie arbeitet um zu überleben. Tagein, tagaus, von früh bis spät. Außer dem Sari aus indischem Tuch besitzt sie nichts. Er ist ihr einziger Besitz.

Nori setzt sich an den Fluss und walkt die Wäsche. Ein paar Rupien bekommt sie dafür, ab und an eine Handvoll Reis. Sie ist dankbar dafür.

Nori walkt und walkt. Am Fluss ist niemand mehr, mit dem sie sich unterhalten könnte.

Nachdem sie ihre Arbeit getan hat, bleibt sie noch am Ufer sitzen. Endlich ausruhen! Am Fluss ist es angenehm kühl, Nori hat heute viel geschwitzt, wie jeden Tag. Tagein, tagaus, von früh bis spät.

Auf einem Stein im Wasser sieht sie einen Schmetterling. Er trinkt aus dem Fluss. Nori betrachtet ihn. Seine Flügel schimmern tiefblau im Abendlicht.

Nori lächelt. Zum ersten Mal an diesem Tag.

»Hallo Schmetterling«, begrüßt sie ihn.

Als habe es der Schmetterling gehört, fliegt er auf und setzt sich auf einen Stein, der näher bei Nori liegt.

Als habe es der Schmetterling gehört, lässt er seine Flügel schlagen wie zu einem Tanz.

Und wieder lacht sie, zum zweiten Mal an diesem langen Tag.

Als habe es der Schmetterling verstanden, fliegt er auf und setzt sich vor Noris Füße.

Und lässt seine Flügel schlagen wie zu einem Tanz.

Wieder lacht Nori.

Der Schmetterling berührt ihre Füße.

Nori lacht, es kitzelt.

Wieder fliegt der Schmetterling auf, setzt sich auf ihre Schultern.

Nori lacht, es kitzelt.

Wieder fliegt der Schmetterling auf, setzt sich auf ihren rechten Arm.

Nori lacht, es kitzelt.

Eine ganze Zeitlang verbringen sie so.

Nori vergisst den harten, langen Tag und genießt den Tanz des Schmetterlings.

Dann fliegt der Schmetterling auf und als wolle er sie locken, setzt er sich auf einen blühenden Busch an einem schmalen Pfad, der flussaufwärts führt.

Nori steht auf und folgt ihm. Sie kennt den Pfad nicht, ist ihn noch nie gegangen.

Immer wieder setzt sich der Schmetterling auf einen blühenden Busch und wartet auf sie. Sie folgt ihm, immer weiter flussaufwärts.

Sie merkt nicht, wie lange sie geht, es beginnt bereits zu dämmern.

Nach einer Weile erreichen sie einen kleinen Wasserfall. Nori kennt ihn nicht, sie war noch nie hier. Sie wusste gar nicht, dass es in dieser Gegend so wunderschöne Plätze gibt.

Um den Wasserfall herum wachsen prachtvolle Blumen, ein wahres Blütenmeer. Nori hat nie zuvor eine solche Farbenpracht gesehen!

Der Wasserfall ist etwa mannshoch. Das Wasser rauscht türkisfarben in die Tiefe und sammelt sich in einem Becken, bevor es sich über eine weitere Kaskade in den Fluss ergießt.

Der Schmetterling setzt sich auf den Rand des Beckens. Nori folgt ihm. Das Wasser ist angenehm warm, nur knöcheltief. Nori wickelt ihren Sari hoch und geht weiter. Das Wasser reicht ihr jetzt bis an die Knie.

Der Wasserfall regnet auf sie herab. Das Wasser wäscht den Schweiß und die Anstrengung des Tages von ihr ab.
Sie genießt es.
Noris Haar wird nass, ihr Sari wird nass.
Der Schmetterling fliegt zu einem Stein ganz nah am Wasserfall.
Nori zieht ihren Sari aus, legt ihn auf den Rand des Beckens und folgt dem Schmetterling.
Sie stellt sich unter den Wasserfall und spürt die Wasserperlen auf ihrer Haut. Sie spürt, wie das Wasser den Schweiß, den Schmutz und die Anstrengung des Tages von ihr wäscht.
Das Wasser prasselt auf ihre Haut, wäscht den Schweiß, den Schmutz und die Anstrengung der letzten Wochen und Monate von ihr ab.
Nori berührt ihre Haut. Sie ist so angenehm weich. So weich hat sie ihre Haut noch nie empfunden.
Nori singt. Das hat sie noch nie getan.
Sie wäscht ihren Kopf, streicht sich durch ihr nasses, schulterlanges Haar, über ihre Schultern, über ihre Arme, ihre Brüste, ihren Bauch, ihre Schenkel.
Nori genießt ihren Körper.
Nori hat ihren Körper noch nie genossen.
Sie tanzt unter dem Wasserfall.
Nori hat noch nie getanzt.
Der Schmetterling fliegt um sie herum, als tanze er mit ihr.
Und wieder fliegt der Schmetterling auf den Rand des Beckens und setzt sich dort auf einen Stein.
Nori folgt ihm und legt sich in das Becken.

Der Schmetterling fliegt für einen Moment auf, ein starker Windstoß erfasst ihn und wirbelt ihn durch die Luft. Dann setzt er sich wieder auf den Stein am Beckenrand.

Der Windstoß ist vorüber, Hunderte bunter Blütenblätter schweben auf das Becken zu.

Sie treiben auf der Wasseroberfläche und Nori badet in einem duftenden Blütenmeer.

Sie hat noch nie in einem Blütenmeer gebadet. Sie badet bis die Müdigkeit sie überkommt.

Nori schläft ein und träumt das erste Mal seit langem wieder.

Sie träumt ...

... auf dem schmalen Pfad am Fluss geht ein junger Mann.

Er ist in weiße indische Seide gekleidet. In seinen Händen trägt er einen großen, bunten Blumenstrauß. Er kommt näher und pfeift ein fröhliches Lied.

Er erreicht den Wasserfall, sieht Nori und lächelt sie an. Seine Augen strahlen wie Edelsteine.

Er geht durch das Wasser, er sieht nur Nori.

Er geht weiter durch das Wasser, seine Hose wird nass bis zu seinen Oberschenkeln, es stört ihn nicht.

Er hat nur noch strahlende Augen für Nori. Er setzt sich zu ihr an den Beckenrand und reicht ihr den Blumenstrauß.

Noch nie hat jemand Nori einen Blumenstrauß geschenkt. Er greift ihre Hand und küsst sie.

Noch nie hat ein Mann Noris Hand geküsst. Er streicht ihr sanft über den Rücken.

Noch nie hat ihr jemand so sanft über den Rücken gestrichen. Er massiert ihr ihre Schultern, vertreibt die Anspannung.

Noch nie hat ihr jemand so sehr seine Aufmerksamkeit, ja Zärtlichkeit geschenkt. Dann setzt er sich neben sie und betrachtet sie.

Seine Augen strahlen: »Du bist tausendmal schöner als jede dieser Blüten«, sagt er.

Noch nie hat jemand Nori ein Kompliment gemacht. Noch einmal greift er ihre Hand und küsst sie. Er hält sie fest und betrachtet sie.

»Du hast so schöne Hände«, sagt er. »Viele Ringe würden an deiner Hand vor Neid erblassen.«

Dann zieht er einen Ring aus seiner Hosentasche und streift ihn ihr über den Ringfinger.

»Er passt wie angegossen«, sagt er.

Er lächelt dabei und seine Augen strahlen. Auch Nori lächelt. »Willst du meine Frau werden?«, fragt er.

Nori nickt.

»Dann komm mit mir«, sagt er und hebt sie aus dem Wasser, »mein Haus steht nicht weit von hier.« Er trägt sie auf Händen dorthin …

Ein Vogel schreit und Nori wacht auf.

Ein schöner Traum, denkt sie, so ein wunderschöner Traum.

Das Mondlicht spiegelt sich im Wasser.

Sie erinnert sich an ihre Pflichten. Ich muss jetzt gehen, denkt sie. Der Weg zurück ist weit.

Noch immer sitzt der Schmetterling am Beckenrand.

Noch einmal fliegt er zum Wasserfall und setzt sich dort auf einen Stein.

Nori folgt ihm noch einmal. Noch einmal das Wasser genießen, denkt sie.

Sie stellt sich wieder unter den Wasserfall, spürt die Perlen des Wassers auf ihrer Haut.

Nori berührt ihre Haut und genießt. Sie ist angenehm weich und wohlduftend. So weich und wohlduftend hat Nori ihre Haut noch nie so empfunden.

Sie singt.

Sie lacht.

Sie tanzt.

Sie streichelt ihren Körper.

Noch nie hat Nori ihren Körper so empfunden, so angenommen. Alle Schmerzen, alle Qual, alle Anstrengung ihres entbehrungsreichen Leben sind herausgewaschen.

Wieder schreit ein Vogel. Nori erschrickt.

Sie sieht einen Mann.

Er sitzt hinter einem Busch und starrt zu ihr herüber.

Der Mann ist alt, trägt Lumpen. So ganz anders als der Mann aus dem schönen Traum.

Nori schämt sich ihrer Nacktheit, ihrer Freude beim Tanz unter dem Wasserfall.

Sie greift nach ihrem Sari und rennt flussaufwärts zurück.

Ich kann nie mehr in mein Dorf zurück, denkt sie, ich schäme mich so.

Der alte Mann hinter dem Busch bleibt sitzen. Er starrt zu dem Wasserfall hinüber.

Da ist es plötzlich still geworden, denkt er.
Noch nie hat eine Stimme, ein Lachen ihn so berührt.
Wo ist die Stimme hin? Wo ist das Lachen hin?
Da erinnert sich der alte Mann an ein altes Lied. Er freut sich über diese Erinnerung. Er summt es lächelnd vor sich hin:

»... *Schmetterling, flieg allein*
über Büsche, über Bäume,
trotze allen Stürmen, allen Winden,
flieg ins Reich der Träume,
um deine Liebe zu finden,
dann fliegst du zu zwein ...«

Nori rennt und rennt.
Sie rennt die halbe Nacht.
Irgendwann fällt sie völlig erschöpft in den Sand und schläft ein.
Nori schläft tief.
Als sie am Morgen wach wird, sitzt der Schmetterling vor ihr auf einem Stein. Seine Flügel schimmern tiefblau in der Morgensonne.
Nori betrachtet ihn eine Weile.
Ein zweiter Schmetterling gesellt sich zu ihm.
Auf dem schmalen Pfad am Fluss geht ein junger Mann. Er ist in weiße indische Seide gekleidet. In seinen Händen trägt er einen großen, bunten Blumenstrauß. Er kommt näher und pfeift ein fröhliches Lied.
Er erreicht die sanfte Biegung am Fluss, sieht Nori und lächelt sie an. Seine Augen strahlen wie Edelsteine.
Er geht durch das Wasser, er sieht nur Nori. Er geht

weiter durch das Wasser, seine Hose wird nass bis zu seinen Oberschenkeln, es stört ihn nicht. Er hat nur noch strahlende Augen für Nori.

Er setzt sich zu ihr in den Sand und reicht ihr den Blumenstrauß.

Noch nie hat jemand Nori einen Blumenstrauß geschenkt.

»Du bist Nori«, fragt er.

»Ja«, sagt sie. »Woher weißt du das?«

Der junge Mann deutet auf den zweiten Schmetterling, der auf dem Stein sitzt.

»Ein Schmetterling hat es mir erzählt«, sagt er lächelnd.

»Ich bin Sadu.«

Sadu greift Noris Hand und küsst sie.

Noch nie hat ein Mann Noris Hand geküsst. Er sitzt neben ihr und betrachtet sie. Seine Augen strahlen.

»Du bist tausendmal schöner als jede dieser Blüten«, sagt er.

Noch nie hat jemand Nori ein Kompliment gemacht. Noch einmal greift er ihre Hand und küsst sie. Er hält ihre Hand und betrachtet sie.

»Du hast schöne Hände«, sagt er. »Viele Ringe würden an deiner Hand vor Neid erblassen«, sagt er.

Dann zieht er einen Ring aus seiner Hosentasche und streift ihn ihr über den Ringfinger.

»Er passt wie angegossen«, sagt er.

Er lächelt dabei und seine Augen strahlen. Auch Nori lächelt.

»Willst du meine Frau werden?«, fragt er.

Nori nickt.

»Dann komm mit mir«, sagt er und hebt sie hoch.
»Mein Haus steht nicht weit von hier«, sagt er. »Du wirst müde sein.«
Er trägt sie auf seinen Händen dorthin.

Nori ist zum ersten Mal in ihrem Leben glücklich.
Sie wird heiraten. Es wird ein großes Fest geben. Es wird das erste in ihrem Leben sein.
Am Abend vor dem Fest sitzen Nori und Sadu beim Abendessen. Es klopft an die Tür.
Sadu steht auf und öffnet die Tür.
Nori erschrickt.
Vor der Tür steht der alte Mann, der sie nackt gesehen hat.
Er bettelt um Essen.
Sadu und der Alte gehen nach draußen.
Nori bleibt zurück und schämt sich.
Ob der Alte Sadu alles erzählt? Ob er sie dann noch heiraten will? War das alles Glück in ihrem Leben? Ein paar Tage nur? Wo soll sie jetzt hin?
Sie hat Angst.

Sadu kommt zurück, sein Blick ist ernst.
Nori schweigt.
»Was ist mit dir, Nori?«, fragt er.
»Es ist wegen dem Alten«, sagt sie.
Sie stockt.
»Er hat mich nackt gesehen, ich schäme mich so«, sagt sie, den Tränen nahe.
Sadu steht auf, geht zu ihr und legt eine Hand auf ihre

Schulter. Er küsst ihr Haar und streichelt lächelnd ihre Wange.
»Nori, ich liebe dich.« sagt er. »Der alte Mann ist blind.« Nori ist erleichtert, ihre Freude ist groß.

Am nächsten Tag wird das große Fest gefeiert. Nori trägt ein Kleid aus indischem Tuch, mit Blüten bedruckt. Sie tanzt, lacht und singt.
Unter den Gästen sitzt ein alter, blinder Mann. Er erfreut sich an Noris Stimme, ihrem Lachen, ihrer Freude, ihrer Liebe.
Nori erkennt den alten Mann. Sie geht zu ihm und verneigt sich vor ihm. Sie sagt:
»Danke, dass du hier bist, um mit uns zu feiern. Ich habe wenig, nur meinen Sari. Ich will ihn dir schenken in Erinnerung an unseren ersten gemeinsamen Abend.«
Sie lacht.
Der alte Mann verneigt sich und sagt:
»Danke für dein Geschenk. Danke, dass ich hier sein darf, um mit euch zu feiern. Dass ich hier sein darf, um deine Stimme und dein Lachen zu hören. Dass ich mich mit euch freuen darf. Ich habe wenig zu schenken, nur meine Schmetterlinge.«

Das Fest geht die ganze Nacht hindurch.
Das Haus von Nori und Sadu war von diesem Tag an von Schmetterlingen umgeben.
Ihr ganzes Leben lang.

2   Platsch!

Der kleine Regentropfen Platsch lebte in einer großen grauen Wolke und fühlte sich nicht wohl. Oft schon hatte er davon geträumt, ein Menschenjunge zu sein.
Eines Tages sah er einen Mann, der im Garten mit einem Kind spielte. Platsch sagte sich: »Das soll mein Vater sein!«
Platsch tobte in der Wolke herum, bis es schließlich regnete.

Platsch hatte sich den Mann als seinen Vater ausgesucht. Zielstrebig fiel er vom Himmel. Doch der Mann rannte in sein Haus, als der Regen kam.
Platsch fiel auf einen Dachziegel. Das tat weh. Denn der Ziegel war hart, härter als alles, was Platsch kannte. Platsch weinte vor Schmerz. Seine Tränen vermischten sich mit ihm, er floss das Dach hinunter, in die Regenrinne, in den Kanal, in den Bach, in den Fluss, in das Meer.
Von dort stieg er traurig auf, in eine große graue Wolke und fühlte sich gar nicht wohl.
Wie sehr hatte er davon geträumt, ein Menschenjunge zu sein!

Eines Tages sah er eine Frau, die ein Kind an der Hand führte. Platsch sagte sich: »Das soll meine Mutter sein!«
Platsch tobte in der Wolke herum, bis es schließlich regnete.

Platsch hatte sich die Frau als seine Mutter ausgesucht. Zielstrebig fiel er vom Himmel. Doch die Frau spannte einen Schirm auf, als der Regen kam.
Platsch fiel auf den Schirm. Abgewiesen zu werden, das tat weh. Tat mehr weh als der Sturz auf den Dachziegel. Platsch weinte vor Schmerz. Seine Tränen vermischten sich mit ihm, er floss den Schirm hinunter, auf den Gehsteig, in den Rinnstein, in den Kanal, in den Bach, in den Fluss, in das Meer.
Von dort stieg er traurig auf, in eine große graue Wolke und fühlte sich gar nicht wohl.
Wie sehr hatte er davon geträumt, ein Menschenjunge zu sein!

Eines Tages sah er ein kleines Mädchen, das allein auf einer Blumenwiese stand und in den Himmel blickte. Platsch sagte sich: »Das soll meine Schwester sein!«
Platsch tobte in der Wolke herum, bis es schließlich regnete.

Platsch hatte sich das kleine Mädchen als seine Schwester ausgesucht. Zielstrebig fiel er vom Himmel. Das kleine Mädchen blieb stehen, als der Regen kam.
Das kleine Mädchen lachte, begann zu tanzen und fing Platsch mit einer Hand auf. Das kleine Mädchen weinte vor

Freude, einen Regentropfen aufgefangen zu haben. Ihre Tränen vermischten sich mit ihm. Sanft bewegte sie den größer gewordenen Tropfen in ihrer Hand. Ein kleiner Regenbogen spannte sich zwischen ihren Händen. Das kleine Mädchen trug Platsch und ihre Tränen hinunter zum Bach und tauchte mit ihnen ein.

Platsch spürte, dass er wuchs, als sie den Fluss erreichten. Als das Meer dem Fluss mit seinen Wellen entgegenschlug, war Platsch ein Menschenjunge geworden. Er sah das kleine Mädchen an und beide lachten.

Platsch fühlte sich wohl. Sie schwammen an den Strand, liefen Hand in Hand durch die Dünen und waren seitdem unzertrennlich. Manchmal träumten sie davon, ein Regentropfen zu sein. Träumten so sehr davon, ein einziger Regentropfen zu sein.

3   Tante Lina

*I*ch wuchs in einem kleinen Dorf am Westufer des Lago Maggiore auf, wenige Kilometer hinter der Schweizer Grenze. So weit ich mich erinnern kann, war ich in diesem Sommer, als Tante Lina in unser Dorf kam, elf oder zwölf.

Ein Stück außerhalb unseres Dorfes lag eine stillgelegte Tuchfabrik. Sie gehörte einem Industriellen aus Mailand. Sie war etwas baufällig, der ideale Spielplatz für uns. Natürlich war es uns verboten, dorthin zu gehen. Aber wer sollte uns kontrollieren? Unsere Eltern waren den ganzen Tag bei der Arbeit.

Die stillgelegte Tuchfabrik war unsere Räuberhöhle, unsere Ritterburg. Ein idealer Platz für »Räuber und Gendarm« und zum Versteckspielen.

Wir waren alles andere als angetan, als sich im Dorf die Nachricht verbreitete, dass unsere Ritterburg in Kürze bezogen werden sollte. Eine große Künstlerin aus der Schweiz hätte sich eingemietet, um dort zu arbeiten, hieß es. Ihr Name sei Frau Linus.

Wir wussten weder, was eine große Künstlerin noch wer Frau Linus war.

Insgeheim hegten wir die Hoffnung, Frau Linus sei eine

Zirkusartistin, die uns einige Kunststücke beibringen würde und uns dann mitnimmt auf große Tournee: erst Italien, dann Schweiz, dann Übersee.

Es hätte uns auch gefallen, wenn sie Filmschauspielerin gewesen wäre. Oder Regisseurin. Damals waren Schwarz-Weiß-Filme gerade in Mode gekommen und wir sahen uns als die zukünftigen Helden der Leinwand.

Doch als Frau Linus in die stillgelegte Tuchfabrik zog, stellten wir schnell fest, dass sie weder Zirkusartistin noch Filmschauspielerin noch Regisseurin war. Frau Linus malte, was uns nicht gerade begeisterte.

Wir konnten uns kaum vorstellen, dass sie einen von uns ansprechen würde und darum bat, ihn malen zu dürfen. Dass ein Porträt von einem von uns in irgendeiner fremden Stadt in irgendeinem Museum hängen würde, reizte uns so gut wie nicht.

Wir, das waren der dicke Luigi, Paolo, das Pickelgesicht, Etto mit der Steinschleuder und meine Wenigkeit, Gianno.

Da Frau Linus nun offensichtlich für längere Zeit unsere Ritterburg besetzt halten würde, beschlossen wir, sie zu belagern und auszukundschaften.

Tagtäglich beobachteten wir sie durch Mauerritzen, durch Löcher im Bretterverschlag und durch die Büsche. Natürlich kannten wir einen geheimen Zugang zur Ritterburg, so dass es uns jeder Zeit möglich gewesen wäre, sie zu überfallen und sie zu vertreiben.

Aber zunächst fanden wir Gefallen daran, sie einfach zu beobachten. Sie war fremd und daher spannend.

Nach einigen Wochen Beobachtungszeit waren uns die Lebensgewohnheiten von Frau Linus vertraut, so dass wir beschlossen, sie in unsere »Familie«, wie wir es nannten, aufzunehmen.

Auf meinen Vorschlag hin, sie Tante Lina zu nennen, meinte Paolo, das Pickelgesicht, das sei doof. Meiner Logik folgend, dass sie offensichtlich jünger war als unsere Mütter und offensichtlich deutlich älter als unsere älteste Schwester, nämlich Ettos Schwester Maria, und die war immerhin schon siebenundzwanzig, so dass sie eigentlich nur als unsere Tante in Frage käme, mochten sich der dicke Luigi und auch Etto mit der Steinschleuder nicht widersetzen.

Paolo, das Pickelgesicht, war überstimmt und daraufhin zwei Tage schlecht gelaunt, was sein Gesicht noch pickliger erscheinen ließ. Was er natürlich stur leugnete.

Frau Linus hieß fortan Tante Lina.

Tante Lina war anders als die anderen Frauen in unserem Dorf. Es gab einige Regelmäßigkeiten in ihrem Tagesablauf, sofern wir das beurteilen konnten. Morgens und abends Spaziergang mit ihren beiden Hunden, ebenso Fütterung ihrer Katzen, gut sieben oder acht mochten es sein, mittwochs und samstags auf dem Markt einkaufen, ab und an am späten Nachmittag ein Bad im Lago.

Dazwischen waren viele Unregelmäßigkeiten zu erkennen. Es konnte sein, dass sie bereits morgens um acht beim Malen war, an anderen Tagen erst gegen Mittag. Was sie malte, konnten wir von unseren Beobachtungspunkten aus nicht erkennen.

Der dicke Luigi meinte zwar, er könne sich von seinem Onkel, einem Jäger, ein Fernglas ausleihen, aber wir kamen dann doch überein, dass uns Malerei nicht sonderlich interessierte.

Was uns mehr interessierte und auch die Sache mit dem Fernglas wieder interessanter machte, war, dass wir feststellten, dass Tante Lina auf ihrer Veranda eine Badewanne aufstellen ließ und samstags nackt badete.

Unter dem Vorwand, wir hätten für die Schule Vögel zu beobachten, liehen wir uns das Fernglas vom Onkel des dicken Luigi aus. Allerdings nur für zwei Wochen, dann waren Ferien.

Zum ersten Mal sah ich also eine nackte Frau aus der Nähe, sofern man das als Nähe betrachten kann. Wie die anderen nach einigem Zögern und einigen Diskussionen zugaben, sahen auch sie zum ersten Mal eine nackte Frau.

Ferien zu haben hieß, Zeit zu haben. Den Großteil davon verbrachten wir an unserer Ritterburg.

Da wir von unseren Beobachtungspunkten nun alles erforscht hatten, was wir von hier aus erforschen konnten, beschlossen wir, die Sache in Zukunft etwas spannender zu gestalten und uns durch den geheimen Zugang Zutritt zum Grundstück zu verschaffen.

Wir erhofften uns, dadurch weitere Hinweise über Tante Lina zu bekommen, die uns dienlich wären, sie eines Tages zu vertreiben.

Ich zumindest hoffte, sie, da wir nun kein Fernglas mehr hatten, das eine oder andere Mal nackt aus der Nähe zu sehen.

Der dicke Luigi, Paolo, das Pickelgesicht, und Etto mit der Steinschleuder hofften dies insgeheim auch, auch wenn sie nicht darüber sprachen. Und wenn wir darüber sprachen, gaben sie es nicht zu.

Doch außer ihrem samstäglichen Bad auf der Veranda war nichts von ihrer Nacktheit zu sehen, so dass unser aller Interesse diesbezüglich nachließ.

Was Tante Lina nach acht Uhr abends tat, entzog sich unserer Kenntnis. Wir hatten die strenge Anweisung unserer Eltern, spätestens um acht zu Hause zu sein. Keiner von uns wollte Hausarrest oder gar Schläge riskieren, da waren wir gehorsam.

Einmal waren meine Eltern bei Freunden und ich nutzte die Gelegenheit, unsere Wissenslücken bezüglich Tante Linas abendlichen Tätigkeiten zu schließen.
  Durch den geheimen Zugang verschaffte ich mir Zutritt zum Grundstück. Vor den Hunden hatte ich keine Angst, wir hatten sie gut angefüttert, sie waren meinen Geruch schon lange gewohnt.
  Durch ein großes Fenster konnte ich Tante Lina sehen.
  Sie saß in einem Sessel und hatte eine Decke über ihre Beine gelegt. An ihren Füßen lagen die beiden Hunde. Eine Katze lag in ihrem Schoß. Tante Lina hatte ihr Haar hochgesteckt und malte etwas auf einen Block. Vielleicht schrieb sie auch etwas. Das konnte ich nicht so genau erkennen.
  Auf dem Tisch neben ihr stand ein Glas Rotwein, Merlot,

wie ich mutmaßte. Tante Lina rauchte eine Zigarette, was wir äußerst selten beobachtet hatten. Der Kamin brannte. Ich hatte sie selten so ruhig wie in diesen Augenblicken gesehen.

Ich schlich mich bald nach Hause und träumte in jener Nacht von ihr.

Der dicke Luigi gab am darauf folgenden Tag zu verstehen, dass Tante Lina langweilig sei. Schließlich hätte sie noch nie Männerbesuch gehabt. Ich verstand zunächst nicht genau, worauf er hinauswollte.

Worauf er ausführte, wir müssten uns jetzt andere Beobachtungspunkte suchen. Es sei jetzt endlich an der Zeit, dass wir beobachteten, was Mann und Frau taten, wenn sie uns Kinder im Schlafe glaubten. Mich interessierte das kaum, hatte ich doch einige Male die schmerzvollen Laute meiner Mutter aus dem Zimmer nebenan gehört, wenn meine Eltern dachten, dass ich bereits tief schlafe.

Ich wurde jedoch vom dicken Luigi, Paolo, dem Pickelgesicht und Etto mit der Steinschleuder überstimmt.

Wir zogen einige Zeit durch die Gärten der Villen in der Nachbarschaft.

Erfolglos.

Was Mann und Frau taten und uns brennend interessierte, entzog sich leider unseren Blicken.

Ein paar Wochen vergingen. Meine Eltern waren wieder bei Freunden eingeladen, für mich eine willkommene Gelegenheit, Tante Lina zu besuchen.

Durch den geheimen Zugang verschaffte ich mir wieder

Zutritt zum Grundstück. Durch ein großes Fenster konnte ich Tante Lina sehen.

Sie stand mitten im Raum. Sie hatte einen Malerkittel an, ihr Haar, wie so oft, hochgebunden. Und: Sie hatte Männerbesuch.

Der Mann war elegant gekleidet, dunkles Haar, mit Schnurrbart.

Sollte ich jetzt endlich sehen, was Mann und Frau taten, wenn sie uns Kinder im Schlafe glaubten?

Der Mann ging auf Tante Lina zu, prostete ihr mit einem Glas Rotwein zu, sie stießen an, tranken einen Schluck. Der Mann stellte sein Glas beiseite und küsste Tante Lina auf den Hals.

So weit, so gut, das kannte ich schon. Auch wenn mir nicht gerade gefiel, dass ein fremder Mann Tante Lina küsste.

Tante Lina warf ihren Kopf zurück.

Der Mann löste einen Knopf an ihrem Malerkittel, dann noch einen und noch einen.

Tante Lina trug nichts darunter, auch das kannte ich schon, so hatte ich sie schon oft gesehen, wenn auch nicht so nah wie heute.

Der Mann streichelte ihre Brüste.

Das wiederum war mir neu.

Auch wenn mir nicht besonders gefiel, dass ein fremder Mann Tante Lina streichelte.

Tante Lina trat einen Schritt zurück, knöpfte ihren Malerkittel wieder zu.

Der fremde Mann ging wieder auf sie zu.

Er holte aus und schlug sie mitten ins Gesicht.

Tante Lina schrie. Meine Mutter schrie anders, wenn mich meine Eltern im Schlafe glaubten. Auch konnte ich mir nicht vorstellen, dass mein Vater meine Mutter jemals schlug.

Tante Lina trat zurück, noch einen Schritt, griff nach der Flasche Rotwein und warf sie nach dem Mann. Die Flasche flog dicht an seinem Kopf vorbei, zerschellte an der Wand, der Wein lief über den Putz.

Der Mann lachte, er sagte etwas, was ich durch das geschlossene Fenster natürlich nicht verstand.

Er lief im Zimmer umher und zerriss einige Bilder, dann ging er aus der Tür, schlug sie zu.

Ein schweres Auto fuhr davon.

Tante Lina setzte sich in einem Sessel und legte eine Decke über ihre Beine. Sie weinte. Sie griff nach ihrem Block und zerriss Seite um Seite. Auf dem Tisch neben ihr stand ihr Glas Rotwein. Sie trank es mit einem Zug aus. Tante Lina rauchte eine Zigarette nach der anderen, was wir äußerst selten beobachtet hatten. Ich hatte sie noch nie so aufgelöst gesehen.

Ich schlich mich bald nach Hause und träumte in jener Nacht von ihr. Ich träumte schlecht.

Bald ging die Schule wieder los und die Dinge nahmen ihren gewohnten Lauf.

Ab und an gingen wir zu unseren Beobachtungspunkten und beobachteten Tante Lina. Sie malte kaum mehr, trank schon am frühen Morgen und rauchte nahezu ununterbrochen.

Nach einiger Zeit wurde sie krank. Wie von Dottore Enrico zu hören war, war Tante Lina sehr krank. Er sagte, ihre Lunge sei nicht in Ordnung. Er hätte ihr nahegelegt, schnellstmöglich in ein größeres Krankenhaus zu gehen. Was sie auch tat.

Das letzte, was wir von ihr sahen, war, wie sie in einem Krankenwagen davonfuhr. Ein paar Tage später kam ein Möbelauto und räumte ihre Wohnung in unserer Ritterburg aus. Auch ihre Katzen und Hunde wurden abgeholt. Wir waren uns gewiss, dass wir eine lange Zeit keine nackte Frau mehr sehen würden.

Nach einigen Monaten sah unsere Ritterburg wieder aus wie vor der Besetzung durch Tante Lina. Die stillgelegte Tuchfabrik wurde wieder zu unserer Räuberhöhle, unserer Ritterburg. Unsere Belagerungstaktik hatte Erfolg gehabt!

Jahre und Jahrzehnte sind seitdem vergangen. Unsere Ritterburg ist mittlerweile ein Nobel-Hotel, in dem der dicke Luigi, Paolo, das Pickelgesicht, Etto mit der Steinschleuder und ich von Zeit zu Zeit speisen und über die gute alte Zeit plaudern.

Ab und an kommt das Gespräch auf Tante Lina. Wir kommen dann überein, dass sie im Vergleich zu unseren Ehefrauen, Ex-Ehefrauen, unseren Geliebten, Ex-Geliebten und Freundinnen eine außergewöhnliche, schöne Frau gewesen war.

Mit etwas Wehmut stellten wir fest, dass keiner von uns jemals mehr etwas von ihr gesehen oder gehört hatte. Auch nicht von der großen Künstlerin Frau Linus.

Eine Geschäftsreise führte mich im letzten Jahr nach Luzern, wo ich bei einem abendlichen Spaziergang durch die Stadt auf ein Bild im Schaufenster einer Galerie aufmerksam wurde.

Das Bild sah aus, als wäre es von unserer Ritterburg aus gemalt worden. Der Künstler hat mit »L« signiert.

Es erinnerte mich an meine Heimat und meine Jugendzeit. Ich betrat die Galerie und fragte nach dem Preis.

Ich fragte den Galeristen auch nach dem Künstler, worauf er mir erzählte, es sei eines der letzten Bilder von Frau Linus. Ich hätte sicherlich noch nie von ihr gehört.

Er erzählte auch, dass sie seit Jahren in einem Sanatorium ganz in der Nähe lebte, ihr Gesundheitszustand sei seit Jahren konstant schlecht. Sie habe seit Jahrzehnten nicht mehr gemalt.

Ich wagte nicht zu handeln und bezahlte den Preis.

Ich fragte noch nach dem Sanatorium und suchte es am nächsten Tag auf.

Tante Lina saß in einem Sessel und hatte eine Decke über ihre Beine gelegt. Eine Katze lag in ihrem Schoß. Sie hatte ihr Haar hochgesteckt und malte etwas auf einen Block. Vielleicht schrieb sie auch etwas. Ich konnte es nicht so genau erkennen. Sie sah ruhig und gelassen aus.

Ich ging auf sie zu und stellte mich als einen ihrer Verehrer vor.

Sie lächelte.

»Ich weiß. Du bist doch der kleine Gianno,« fragte sie.

Ich errötete. Einerseits, weil es mir unangenehm war, dass sie mich, der inzwischen weit über fünfzig war, den kleinen Gianno nannte und sich prompt einige Gäste nach mir umdrehten.

Andererseits, weil sie mich erkannte, obwohl ich ihr doch nie vorgestellt wurde und ich ihr doch nie unter die Augen getreten war.

Ich nickte verschämt.

Tante Lina bat mich, mit ihr ein paar Schritte durch den Park zu gehen. Ich stimmte zu und sie hakte sich wie selbstverständlich bei mir unter.

Tante Lina plauderte mit mir, als würden wir uns seit ewigen Zeiten kennen, als wären wir Bekannte oder Verwandte. Ich sagte natürlich nicht Tante Lina zu ihr, sondern sprach sie mit Frau Linus an. Sie blieb bei ihrem Gianno.

Als ich mich von ihr verabschieden wollte, drückte sie meine Hand. Sie fragte mich, ob sie mich auf meine Wange küssen dürfte. Ich nickte und beugte mich zu ihr hinunter. Sie küsste mich auf meine Wange. Ich erwiderte den Kuss.

Ich versprach ihr, sie wieder zu besuchen, worüber sie sich freute. Fast beschämt ging ich zu meinem Wagen.

Ich besuchte Tante Lina in den kommenden Monaten so oft es meine Zeit zuließ.

Sie empfing mich jedes Mal wie einen alten Freund. Die alte Dame rührte mich.

Anfang dieses Jahres verschlechterte sich ihr Gesundheitszustand erheblich. Ruhig und gelassen lag sie da, als ich sie das letzte Mal sah.

Ihre Beerdigung war bescheiden, so hatte sie es sich gewünscht. An ihrer Trauerfeier nahmen nur wenige Menschen teil.

Einen Nachlass im eigentlichen Sinne gab es nicht. Was sie einst besaß, hatte ihre Krankheit aufgebraucht.

Tante Lina vererbte mir ihre Tagebücher. Sie schrieb mir, ich solle sie in ihrem Sinne verwenden. Die Tagebücher zeugen vom wahren Reichtum einer außergewöhnlichen Frau.

Über ihre Zeit in der Ritterburg schrieb sie:

»*Die Blicke der Jungen lassen mich zu einem Wesen von einem anderen Stern werden. Sie begehren mich, meinetwillen, nicht meines Erfolges und meines Ruhmes Willen. Ruhm und Erfolg mögen vergänglich sein, das Geschenk der Aufmerksamkeit der Jungen wird mir bleiben.*«

»*… sie betrachten meine Schönheit ohne sie besitzen zu wollen … eine seltene Gabe …*«

Über mich schrieb sie:

»*Kleiner Gianno, wärst du zehn Jahre älter, wärst du nur zehn Jahre älter, ich hätte dich heute geküsst. Und morgen. Und übermorgen auch. Mein ganzes Leben lang würde ich dich küssen.*

So küsse ich dich in meinen Gedanken und in meinen Träumen. Sei umarmt, kleiner Gianno. Deine Clara.«

In ihren Tagebüchern fehlen die Seiten jener Nacht, in der der fremde Mann bei ihr war.
Was wohl der Anlass für die Auseinandersetzung gewesen war? Wie groß muss ihre Enttäuschung gewesen sein, wie endgültig der Bruch.

Wenn ich heute in meinem Arbeitszimmer sitze, auf den Lago hinunter schaue, hinter mir das Bild aus der Galerie aus Luzern, der Kamin brennt, mein Hund liegt mir zu Füßen, neben mir auf dem Tischchen steht ein Glas Rotwein, ein Merlot, und ich eine Pfeife rauche, denke ich viel nach.

Vielleicht hat diese eine Nacht ihr Leben zerstört, sie hat es, nach allem, was ich von ihr weiß, nie auf diese Art und Weise verstanden. Wollte sie diese eine Nacht aus ihrer Erinnerung streichen? Diese eine Nacht wegradieren, wie einen unpassenden Strich auf einer ihrer Skizzen? Wollte sie die Integrität des mir unbekannten Mannes wahren? Ich werde es nie erfahren. Aber ich weiß, dass es sich weder schickt eine Frau zu schlagen noch ihre Arbeit zu zerstören.

Ich habe begonnen, Tagebuch zu schreiben, in der Art und Weise von Tante Lina – oder Clara Linus, wie sie hieß.
Im Nachhinein stelle ich fest, wie ähnlich wir uns doch waren. Ähnlicher als nur Bekannte, eher wie Verwandte und noch eher wie Liebende, die waren, aber nie wirklich waren.

Aber was ist das schon, Wirklichkeit.

4   Eine blaue Tulpe

Ein Wanderer streifte allein durch das Land und fühlte sich nicht wohl dabei. Er kam an ein Fleckchen Erde, das ihm gefiel. Die Sonne schien, es war Frühling und er setzte sich zur Rast.

Neben ihm wuchs eine blaue Tulpe, sie gefiel ihm. Der Frühlingswind wehte leicht und die Tulpe berührte den Wanderer, was ihm sehr gefiel.

»Wenn du gelb wärst und nicht blau«, sagte der Wanderer, »ich könnte dich lieben.«

Da wurde die Tulpe gelb und schmiegte sich an ihn, was ihm sehr gefiel.

»Wenn du eine Rose wärst und keine Tulpe«, sagte der Wanderer, »ich könnte dich lieben.«

Da wurde aus der Tulpe eine Rose und schmiegte sich noch mehr an ihn, was ihm sehr gefiel.

Das ungleiche Paar saß so eine Weile da, dann sagte der Wanderer: »Wenn du eine Frau wärst und keine Rose, ich könnte dich lieben.«

Da wurde aus der Rose eine wunderschöne Frau. Die wunderschöne Frau schmiegte sich eng an ihn, was ihm sehr gefiel.

Das Paar saß so eine Weile, dann sagte der Wanderer:

»Wenn du nicht nur dasitzen, sondern für mich tanzen würdest, ich könnte dich lieben.«

Da stand die wunderschöne Frau auf und tanzte für ihn. Ihr Tanz gefiel ihm. Er deutete ihr, sich wieder zu ihm zu setzen. Was sie auch tat. Sie schmiegte sich wieder an ihn.

Das Paar saß so eine Weile, dann sagte der Wanderer:

»Wenn du reden könntest, ich könnte dich lieben.«

Da sagte die wunderschöne Frau:

»Wenn du mich lieben könntest, könnte ich bei dir bleiben.«

Sie stand auf und ging.

Der Wanderer streifte fortan wieder allein durch das Land.

5   Die Frau hinter dem Schleier

𝒮ie war die Tochter eines Kaufmanns und es hieß, dass sie wunderschön sei. So wunderschön, dass sie ihre Schönheit hinter einem Schleier verbergen müsse, denn ihr Anblick würde Blumenwiesen erblassen und Männer erblinden lassen. So wunderschön sei sie.
Das erzählte man sich.
Gesehen hatte sie freilich niemand, sie wagte nicht, den Schleier zu lüften.

Die Kunde der wunderschönen Kaufmannstochter erreichte auch den Kalifen des Landes.
»Ha«, rief er, »die schönste Frau des Landes, sie soll meine Frau werden.«
Und er schickte seine Unterhändler los, um dem Kaufmann die schöne Tochter für einhundert Kamele abzukaufen, allenfalls höchstens zweihundert Kamele sollten sie dem Kaufmann bieten.
Der Kaufmann willigte beim Preis von zweihundert Kamelen ein, aber die schöne Tochter sagte: »Nein!«
Die Unterhändler kehrten zurück und ahnten schon, was ihnen blühte.
Der Kalif zürnte. Er tobte drei Tage und drei Nächte,

schalt sie Versager und Tunichtgute. Am vierten Tag jedoch beruhigte er sich und fragte die Unterhändler, ob sie denn die Kaufmannstochter gesehen hätten.

»Ja, hinter einem Schleier«, antworteten sie, »aber ihr glanzvolles Ebenbild lässt sich erahnen. Und eine Stimme, so zauberhaft süß wie ein Vögelchen im Frühlingswind hat sie. Nur ein Wort gab sie preis und doch war der Klang ihrer Stimme so wohlklingend wie eine Glück verheißende Weissagung.«

»Gut«, sagte der Kalif, »ich will sie haben. Bietet fünfhundert Kamele, allenfalls höchstens tausend. Wenn ihr mir die schöne Kaufmannstochter bringt, so will ich euch fürstlich belohnen. Seid ihr jedoch ohne Erfolg, so lasse ich euch in den Kerker werfen.«

Die Unterhändler reisten ab.

»Es kostet viel, meine Tochter umzustimmen«, sagte der Kaufmann, für den zweihundert Kamele ein angemessener Preis war, aber er hätte auch gerne mehr genommen.

Die Unterhändler boten sogleich tausend Kamele, sie wollten ihre Sache gut machen.

Der Kaufmann rieb sich die Hände, aber die schöne Tochter sagte abermals: »Nein!«

»Aber Kind, wir werden beide versorgt sein bis an unser Lebensende«, sprach er und die Golddinare glänzten in seinen Augen.

Als die schöne Tochter das sah, rannte sie in einen Turm, schloss sich ein und sprach von nun an kein Wort mehr mit ihrem Vater.

Die Unterhändler kehrten zurück und wussten, was ihnen blühte.

Der Kalif zürnte. Er tobte sieben Tage und sieben Nächte, schalt sie die größten Versager und Tunichtgute des Landes und ließ sie in den Kerker werfen. Am achten Tag jedoch beruhigte er sich und fragte die Unterhändler, ob sie denn die wunderschöne Kaufmannstochter gesehen hätten.

»Ja, hinter einem Schleier«, antworteten sie, »aber ihr glanzvolles Ebenbild lässt sich erahnen. Und eine Stimme, so zauberhaft süß wie ein Vögelchen im Frühlingswind hat sie, obgleich sie nur ein einziges Wort gesprochen hat. Und ein Temperament, so stark wie eine Löwin.«

»Gut«, sagte der Kalif, »ich will sie haben.«

Der Ehrgeiz hatte ihn gepackt. Noch niemals hatte eine Frau »nein« gesagt, die er zur Frau nehmen wollte. Leila, seine erste Frau nicht, Dalida, seine zweite Frau nicht, Sheila, seine dritte Frau nicht und wie die anderen alle hießen. Er zählte sie schon gar nicht mehr.

»Doch anscheinend lässt sich das Vögelchen nicht kaufen«, dachte er sich, »was nun?«

Er bat den Großwesir zu sich und beratschlagte sich mit ihm.

»Geschenke«, sagte der Großwesir, »mach ihr Geschenke.«

Der Kalif folgte seinem Rat. Doch auch nachdem der Turm mit Abertausenden von roten Rosen und weißen Lilien, den edelsten Araberpferden, den schönsten Juwelen im Lande umgeben war, saß sie immer noch darin. Der Großwesir fand sich – nachdem er vom Kalifen ob seiner Unfähigkeit auf das Heftigste beschimpft worden war – bei den Unterhändlern im Kerker wieder.

Der Kalif tobte einen ganzen Monat. Dann jedoch beruhigte er sich und fragte den Großwesir, ob er denn die wunderschöne Kaufmannstochter gesehen hätte.

»Ja, hinter einem Schleier«, antwortete er, »aber ihr glanzvolles Ebenbild lässt sich erahnen. Und eine Stimme, so zauberhaft süß wie ein Vögelchen im Frühlingswind hat sie, obgleich sie immer nur dies eine Wort gesprochen hat. Und ein Temperament, so stark wie eine Löwin. Und einen Stolz, so statthaft wie ein Pfau.«

»Gut«, sagte der Kalif, »ich will sie haben.«

Er grübelte und grübelte allein in seinem Palast, schließlich war auf die Geschicke der Unterhändler und auf die Ratschläge des Großwesirs kein Verlass.

Da fiel sein Blick auf den kleinen Hofschreiber, der im Garten des Palastes die Blüten studierte, damit er sie in seinen Versen und Geschichten anschaulich beschreiben könne.

»Du«, schrie der Kalif, »geh hin zur schönen Kaufmannstochter und beschreibe ihr, wie schön es bei mir ist. Halte dich nur nicht zurück, beschreibe alles in den schillerndsten Formen und Farben. Wenn du die schöne Kaufmannstochter zu mir bringst, so will ich dich fürstlich belohnen. Wenn du versagst, so sollst du einen Kopf kürzer werden.«

Schließlich war ja der Kerker des Palastes schon mit den Unterhändlern und dem Großwesir besetzt.

Der Hofschreiber reiste ab.

Den ganzen Reisetag verbrachte er damit, sich zu überlegen, was er der schönen Kaufmannstochter erzählen sollte, um sie umzustimmen. Er war in Sorge, denn er wollte seinen Kopf schließlich nicht verlieren.

Er fasste den Entschluss, ihr die Wahrheit und nur die Wahrheit zu erzählen und kam deswegen gut gelaunt bei ihr an.

»Ach, schönste Frau«, sprach er, »ich bin in Sorge um meinen Kopf. Ich werde ihn verlieren, sofern ich Sie nicht zum Palast des Kalifen bringe. Ich bin zwar nur ein armer, kleiner Hofschreiber, aber mein Kopf ist mir doch recht und lieb. Und mein einziger ist es doch dazu. Ich weiß schon, dass dieser dicke Wanst Sie nicht liebt.«

Sie lachte, als sie den »dicken Wanst« hörte.

»Ich weiß auch, dass der Harem des Kalifen schon übervoll ist. Der Kalif hat mir aufgetragen, mich nicht zurückzuhalten und alles zu beschreiben in den schillerndsten Formen und Farben. Nun ja, sein Wanst ist sooooo dick.«

Er breitete seine Arme aus. »Und eigentlich noch viel dicker.«

Sie lachte, weil der Hofschreiber bei der Beschreibung der schillerndsten – wie er es nannte – Form des Wanstes fast in den Sand gefallen wäre.

»Sein Harem ist so voll, warten Sie, schönste Frau ...«

Der Hofschreiber füllte sich seine Hosentaschen mit Sand und ließ ihn wieder herausrieseln.

»So voll ist er.«

Sie lachte über seine anschaulichen Darstellungen.

»Nun ja«, fuhr der Hofschreiber fort, »sein Palast ist ...«

Er blickte sie an, sie öffnete ihren Schleier ein ganz wenig, so dass er ihre Augen sehen konnte. Nur kurz. »... nichts gegen den Anblick und Liebreiz Ihrer Augen, schönste Frau.«

Der Hofschreiber seufzte.

»Ach, wie rette ich meinen Kopf, mein Leben?«

»Geh hin«, sagte sie, »und erzähle dem Kalifen, ich sei sehr scheu, ich müsse zuerst Vertrauen finden, ich möchte alles im Palast kennenlernen, bevor ich dorthin gehe. Sage ihm, ich erwarte seine Berichte. Und nur du sollst sie mir bringen. Täglich.«

Sie lächelte ihn noch einmal durch den Schleier an und sagte noch einmal: »Täglich, du verstehst?«

Er nickte, verneigte sich und wusste, dass sie ihm zunächst das Leben gerettet hatte.

Darum kehrte er frohgelaunt in den Palast des Kalifen zurück.

»Ha«, rief der Kalif, »was hast du zu berichten?«

Der Hofschreiber tat wie ihm geheißen, nahm sich keinesfalls zurück, fügte aber auch nichts dazu. Gesprochen hätte sie mit ihm, viel mehr als ein Wort. Sie sei so klug wie eine Eule, erzählte er.

Er erzählte dem Kalifen, was die schöne Kaufmannstochter ihm aufgetragen hatte. Auch hätte sie den Schleier gelüftet – er hat zwar nur ihre Augen gesehen – aber diese seien so leuchtend und funkelnd gewesen wie zwei Juwelen. Man müsse Geduld haben, sie sei so scheu wie ein Reh.

Der Kalif lobte ihn, schalt noch einmal die Unterhändler und den Großwesir.

Dann trug er dem Hofschreiber auf, die schöne Kaufmannstochter täglich – wie sie es gewünscht hatte – vom Palast zu unterrichten.

Der Hofschreiber nahm diesen Auftrag gerne an, liebend gerne sogar. Na ja, sein Kopf sorgte ihn schon ein wenig. Auch sein Herz. Denn beides könnte er durch sie verlieren. Aber insgeheim war er froh, dass er die schöne Kaufmannstochter täglich sehen durfte.

Sie unterhielten sich jeden Tag und freundeten sich an. Natürlich musste der Hofschreiber dem Kalifen regelmäßig Bericht erstatten.

Der Hofschreiber tat wie ihm geheißen, nahm sich keinesfalls zurück, fügte aber auch nichts dazu. Vertrauen würde sie fassen, berichtete er. Sie sei sogar schon aus ihrem Turm herausgekommen.

Ein Stück Haut hätte sie ihm sogar gezeigt. Aus der Ferne, natürlich. Ihre Haut sei so weich und sanft wie der edelste Samt. Nein! Berührt habe er sie natürlich nicht, aber er könne es doch erahnen. Aber ein betörender Duft umgebe sie. So betörend wie ein ganzer Hain von blühenden Aprikosenbäumen. Nein! Zu nahe getreten sei er ihr natürlich nicht. Wenn sie lächle, so funkeln ihre Augen jetzt noch mehr als Edelsteine, ja, wie die hellsten Sterne über dem Wüstenhimmel.

Der Hofschreiber und die schöne Kaufmannstochter genossen ihre gemeinsame Zeit. Und Monate vergingen.

Bis der Kalif eines Tages sehr eindringlich fragte: »Wann? Wann gedenkst du sie zu bringen? Ich habe nicht vergessen, dass es um deinen Kopf geht.«

Am nächsten Tag saßen der Hofschreiber und die schöne Kaufmannstochter zusammen und beratschlagten. Dass er seinen Kopf verlieren sollte, ihretwegen, das wollte sie nicht. Aber zum Kalifen, der sie nicht liebte, wollte sie auch nicht. Um keinen Preis! Dass der Hofschreiber sein Herz an sie verloren hatte, das spürte sie. Sie wusste es auch. Er hatte es ihr in schönen Worten in den letzten Monaten oft genug erzählt. Und sie wusste, dass er von Anfang an die Wahrheit und nichts als die Wahrheit sprach.

Sie war eine kluge Frau mit Prinzipien und sie flüsterte ihm ins Ohr, was er dem Kalifen sagen sollte.

Dann reiste der Hofschreiber wieder ab.

Am Palast des Kalifen angekommen, hörte er den Kalifen schon schreien »Nun?«

»Ach ja«, seufzte der Hofschreiber, »sie wünscht sich als Geschenk 1001 Gute-Nacht-Geschichten, jede Nacht eine. Sie schläft so unruhig vor lauter Aufregung um das große Fest. In der 1002. Nacht will sie zu dir ins Schlafgemach kommen und nur vor dir und sonst niemandem ihren Schleier lüften.

Sie weiß, das ist eine lange, lange Zeit, aber sie will ausgeruht bei dir erscheinen, großer Kalif. Sie will, dass du von den tausend Kamelen, die du bereit warst, ihrem Vater, dem ehrenwerten Kaufmann, zu zahlen, dir so viele Frauen kaufst wie du bekommen magst und dich mit ihnen bis dahin vergnügst. Sie will sich dir schenken, großer Kalif, nicht jedoch von dir gekauft werden.

In den 1001 Nächten möchte sie nur die Gute-Nacht-Geschichten hören, ich soll sie ihr erzählen, aber keine Nachricht und kein Wort von dir. Auch wird sie in Vorbereitung auf das große Fest und die große Ehre, deine erste Frau zu werden, nichts mehr von sich preisgeben.«

»Nun denn«, sagte der Kalif und nickte zufrieden. »1001 Nacht – das sind wie viele Jahre?«, aber er besann sich darauf, dass er nicht besonders gut im Rechnen war und ließ die Unterhändler und den Großwesir aus dem Kerker holen, damit diese durch das Land ziehen und Frauen erwerben konnten, mit denen er sich die nächsten 1001 Nächte vergnügen könne.

Was er dann auch tat.

Der Hofschreiber und die schöne Kaufmannstochter, sie genossen ihre gemeinsame Zeit und die 1001 Gute-Nacht-Geschichten, die er ihr erzählte.

In der 1002. Nacht, der Kalif hatte die schöne Kaufmannstochter schon fast, aber auch nur fast schon vergessen, klopfte es an die Tür seines Schlafgemachs.

Draußen standen – wie verabredet – der Hofschreiber und eine in Schleier gehüllte Frau. Ein betörender Duft umgab die Frau und der Kalif nickte sehr, sehr zufrieden.

»Deine fürstliche Belohnung bekommst du nach meiner Liebesnacht«, lachte der Kalif und schickte den Hofschreiber in den Garten.

Er nahm die verschleierte Frau bei der Hand, zog sie in sein Schlafgemach und setzte sich in genüsslicher Erwartung auf sein Bett.

»Nun denn, nimm den Schleier ab, wunderschöne Frau, und komm zu mir«, sagte der Kalif.

Die verschleierte Frau tat wie versprochen und wie geheißen.

Ein Schrei durchdrang den Palast. Einen solch lauten Schrei hatte man im Palast des Kalifen noch nie gehört.

»Hofschreiber!«, schrie er, völlig außer sich, »Hofschreiber!«

Der Hofschreiber kam angerannt.

»Großer Kalif«, fragte er, »ist sie so wunderschön, dass du so laut schreien musst? Ist ihre Schönheit zu unerträglich groß?«

»Hat sie jemals den Schleier vor dir enthüllt?«, brüllte der Kalif.

»Nein, niemals. Sie wollte ihren Anblick nur dir gewähren, großer Kalif«, antwortete der Hofschreiber.

»Schau sie dir an!«, brüllte der Kalif und schubste ihn in sein Schlafgemach.

»Werden meine Augen auch nicht von ihrer strahlenden Schönheit erblinden?«, fragte der Hofschreiber.

»Ach was«, brüllte der Kalif. »Schau, was du mir gebracht hast!«

Der Hofschreiber war erstaunt, er war sichtlich erstaunt, denn im Schlafgemach des Kalifen saß ein altes Mütterlein.

»Was hast du mir zu sagen, bevor ich dir den Kopf abschlagen lasse?«, fragte der Kalif.

Der Hofschreiber erinnerte sich an die zwei Sätze, die ihm die schöne, kluge Kaufmannstochter aufgetragen hatte.

»Die äußere Schönheit ist vergänglich. Die innere Schönheit strahlt und funkelt in ewiger Beständigkeit«, sagte er – wie sie es ihm aufgetragen hatte.

Der Kalif tobte.

Da er aber ein gerechter Mann war, belohnte er den Hofschreiber fürstlich für seine Pflichterfüllung, auch wenn er ihn innerlich verfluchte, und bat ihn, nein, er befahl ihm, schnell, aber sehr schnell den Palast zu verlassen und sich nie mehr blicken zu lassen.

Der Hofschreiber ritt, um zehntausend Golddinare und einen edlen Rappen reicher, in die Nacht.

Der Kalif tobte und verfluchte alle, die ihm jemals von der wunderschönen Frau hinter dem Schleier, die nie jemand gesehen hatte, erzählt haben.

Im Palast, im Schlafgemach des Kalifen, saß ein altes Mütterchen, das nichts von der ganzen Aufregung verstand. Nur, dass sie jetzt die erste Frau des Kalifen war, das verstand sie. Denn er hatte sie an seiner Hand in sein Schlafgemach geführt.

Das machte sie zur ersten Frau des Kalifen. So war es der Brauch, damals in diesem fernen Land.

»Warum ausgerechnet ich?«, fragte sie sich immer wieder. Für das alte Mütterchen war es ein Geschenk des Himmels, auch wenn der Kalif nie mit ihr sprach. Denn sie durfte im Palast wohnen für den Rest ihrer Tage, das war der Brauch, damals in diesem fernen Land.

Der Kalif beruhigte sich bald – nach etwa einem halben Jahr – und vergnügte sich mit den Frauen, die tausend Kamele wert waren, bis an sein Lebensende.

Und so endet hier die Geschichte »Die Frau hinter dem Schleier«. Fast.

Vielleicht sollte ich noch kurz erzählen, wohin der Hofschreiber ritt und wie es ihm erging?

Er ritt an einen einsamen Turm, wo sich Meer und Wüste begegnen. Von diesem Ort hatte ihm die schöne Kaufmannstochter erzählt, oder sollte er lieber sagen die Frau hinter dem Schleier, oder lieber das alte Mütterchen? Er wusste es nicht, als er durch die Nacht ritt.

Er hatte diese Frau nie gesehen. Nur ihre Augen und ab und an ein kleines Stückchen Haut. Aber er hatte sie doch geliebt. Er hatte sie seit Jahren schon geliebt. Auch wenn er wusste, dass sie dem großen, dickwanstigen Kalifen zugesprochen war.

Er verstand das alles nicht.

Er ging in ein Zimmer des Turmes, wo sich Meer und Wüste begegnen. Und so geschah es, dass in jener 1.002. Nacht es an sein Schlafgemach klopfte, eine Frau im Schleier davor stand und er sie an der Hand hereinführte.

In jener 1.002. Nacht ließ eine Frau nur für ihn ihren Schleier fallen.

Sie war wunderschön, so schön, dass sie das Mondlicht und die vielen Abertausenden Sterne des Wüstenhimmels überstrahlte.

Sie gab sich ihm hin in dieser Nacht. Ihre Haut war so sanft und so weich wie edelster Samt und edelste Seide zusammen.

Sie roch betörend nach einem Hain voller Aprikosenblüten und noch viel betörender.

Ihre Küsse waren so sinnlich wie ein Blütenblatt und noch viel sinnlicher.

Ihre Berührungen waren voller Zartheit, als berühre ihn eine flaumige Feder, und noch viel zarter waren sie.

Ihr Haar war so weich wie Baumwollblüten und viel weicher.

Seine Küsse trafen süße Haut, so süß wie Honig und Nektar zusammen und noch viel süßer.

Sie erlebten eine Liebesnacht, sinnlich wie im Märchen.

Eng umschlungen wie zwei Lianen schliefen sie ein.

Am nächsten Morgen wachte er auf und fand das Bett neben sich leer.

»Ach, was für ein süßer Traum«, dachte er sich.

Dann sah er den Schleier neben seinem Bett liegen.

Er stand auf und verließ den Turm.

Am Meer am der Rande der Wüste saß eine wunderschöne Frau, schöner als alle Frauen zusammen, die er jemals gesehen hatte, nur mit einem leichten Tuch bekleidet. Sie blickte hinaus aufs Meer.

Er setzte sich neben sie und lächelte sie an.

»Wer bist du, du märchenhaftes Wesen?«, fragte er.

Sie beugte sich zu ihm herüber und küsste ihn sanft auf seinen Mund.

Sie lachte.

»Die Frau, der du von Anfang an mit den Augen eines Liebenden begegnet bist.«

Dann stand sie auf, ging ins Wasser und badete, vergnügt wie ein Fisch.

»Und die Frau beim Kalifen?«, rief er.

»Meine Tante, sie hat sich einen ruhigen Lebensabend redlich verdient«, lachte sie.

Er lachte.

Wer hatte ihm diese Frau, so traumhaft schön, so unendlich klug und so geheimnisvoll wie ein Märchen aus 1001 Nacht beschert?

Er blickte zum Himmel und dankte still.

Dann ging er ins Wasser, schloss sie in die Arme, küsste sie leidenschaftlich und schwamm mit ihr im Meer vergnügt wie ein Fisch.

Sie lebten glücklich, zufrieden und voller Dankbarkeit wie zwei himmelsnahe Menschen bis an ihr Lebensende in dem Turm zwischen Wüste und Meer.

6   In Anderland

Anderland ist in keinem Atlas und auf keiner Landkarte zu finden.
Das liegt daran, dass in Anderland vieles anders ist. In Anderland gehen die Uhren anders. Die Uhren in Anderland laufen rückwärts und man kann sie anhalten. Dann bleibt die Zeit stehen.
Wenn man in Anderland jemandem begegnet, den man liebt und mit dem man eine gemeinsame Zeit verbringen möchte, sagt man »Halt« und die Uhren bleiben stehen.
Dann hat man viel Zeit füreinander. Wenn man mag, ein ganzes Leben lang.
Da in Anderland die Uhren rückwärts laufen, kann man zurückgehen zu Augenblicken, an die man sich nicht gerne erinnert. Man kann sich dann entschuldigen, sich verzeihen, sich versöhnen, sich verabschieden und auseinandergehen.
Wie zwei Menschen, die sich einst liebten und die eine gemeinsame Zeit verbrachten.
Man kann sich darauf einigen, sich nur noch an die schönen gemeinsamen Augenblicke zu erinnern und nicht mehr an die leidlichen und traurigen.
In Anderland darf das geschehen.

Da in Anderland die Uhren rückwärts laufen, kann man auch zurückgehen zu Augenblicken, an die man sich gerne erinnert. Man kann zurückgehen, zu dem Moment, an dem man sich zum ersten Mal sah, zum ersten Mal Worte wechselte, zum ersten Mal berührte, zum ersten Mal umarmte, zum ersten Mal küsste, zum ersten Mal liebte.

In Anderland muss man aber nicht immer zurückgehen bis zum ersten Mal.

Man kann auch zurückgehen an jeden Moment, jedes Ereignis, jede gemeinsame Erfahrung, jedes gemeinsame Erlebnis, an das man sich gerne erinnert. Man kann sich dann freuen und genießen, wie zwei Menschen, die sich lieben und eine gemeinsame Zeit verbringen wollen.

Man kann sich einigen, sich nur noch an die schönen gemeinsamen Augenblicke zu erinnern und nicht mehr an die leidlichen und traurigen, die man durch andere Menschen erfuhr.

In Anderland darf das geschehen.

Wenn man in Anderland zurückgeht zu einem besonders lieb gewonnenen Moment, einem besonders lieb gewonnenen Ereignis, einer besonders lieb gewonnenen gemeinsamen Erfahrung, einem besonders lieb gewonnenen gemeinsamen Erlebnis, einer Erinnerung, die man besonders gerne hat, dann darf man dort bleiben oder sich diesen Moment, dieses Ereignis, diese Erfahrung, dieses Erlebnis, diese Erinnerung immer wieder zurückholen und wieder mit Leben füllen.

In Anderland darf das geschehen.

Die Menschen in Anderland sind einzigartig. Jeder Mensch für sich in Anderland ist einzigartig.
Die Menschen in Anderland sind wertvoll. Jeder Mensch für sich in Anderland ist wertvoll.
Die Menschen in Anderland sind schön. Jeder Mensch für sich in Anderland ist schön.
Die Menschen in Anderland sind gütig. Jeder Mensch für sich in Anderland ist gütig.
Die Menschen in Anderland sind dankbar. Jeder Mensch für sich in Anderland ist dankbar.

In Anderland bekommt jeder Mensch, dem man zum ersten Mal begegnet, die Möglichkeit, an dem gemessen zu werden, was er ist und nicht an dem, wie andere waren.

In Anderland bekommt jeder Mensch, dem man zum ersten Mal begegnet, die Möglichkeit, an dem gemessen zu werden, was er tut und nicht an dem, was andere taten.

In Anderland bekommt jeder Mensch, dem man zum ersten Mal begegnet, die Möglichkeit, an dem gemessen zu werden, wie er liebt und nicht an dem, wie andere liebten.

Anderland ist in keinem Atlas und auf keiner Landkarte zu finden. Schon eher in einem Liebesbrief und am ehesten in uns selbst.

7 Die Insel der Parias

Er war der Geschichtenerzähler des Dorfes auf der Insel der Parias. Er war einer von ihnen. Krank, aussätzig und todgeweiht.

Seine Hände waren längst taub. Die Beine begannen, taub zu werden. Sein Herz pochte noch.

Er trug einen Stein, der vom Himmel gefallen war. Ihm genau vor die Füße. Seitdem war er Geschichtenerzähler. Mit den Geschichten verdiente er sich schon Geld, als er noch nicht krank war.

Einen Beruf hatte er nicht gelernt. Er kam aus ärmlichen Verhältnissen, war im Armenviertel aufgewachsen und ernährte sich von dem, was er in Abfällen fand, was er als Bettler oder Tagelöhner bekam.

Als ihm ein reicher Mann viel Geld für den Stein bot, lehnte er dankend ab. Obwohl es ihm genügt hätte, um bis an sein Lebensende sorgenfrei zu leben.

Der Stein erzählte ihm Geschichten aus einer anderen Welt. Aus einer Welt des Glücks, der Freude und der Fülle. Er kannte diese Welt nicht, aber er erzählte die Geschichten des Steines weiter. Er erzählte sie mit warmem Herzen, leuchtenden, lachenden Augen und ab und zu auch weinend. Die Menschen hörten ihm gerne zu.

Der Stein war das einzige, das er mitnahm auf die Insel der Parias, mehr besaß er nicht.

Er erzählte ihnen die Geschichten des Steines und nahm nichts von denen, die ohnehin kaum etwas besaßen.

Seine Erzählstunden waren für die meisten die einzigen freudigen Momente des Tages.

Er erzählte die Geschichten des Steines abends an einem Platz in der Dorfmitte, wo ein Feuer brannte, und tagsüber in den Krankensälen.

Er erzählte ihnen, dass bald eine Krankenschwester käme, eine junge Frau aus einem fernen Land, die aussähe wie ein Engel und ihnen ein Geschenk brächte. Es sei verpackt in Wärme, Güte und Würde.

Die Parias kannten seine Geschichten und freuten sich darüber, dass ihm immer wieder etwas einfiel, um ihnen Mut zu machen und Hoffnung zu geben.

Bald danach kam eine Krankenschwester aus einem fernen Land.

Sie sah aus wie ein Engel. Sie war anders als die Krankenschwestern, die sie bereits kannten.

Sie saß länger an ihren Krankenbetten, als ihr Dienst das vorsah. Sie hörte ihre Klagen an, ohne ihre Sprache zu verstehen. Sie arbeitete den ganzen Tag, stand früher auf als ihre Kolleginnen und ging später zu Bett. Sie war die einzige, die abends noch am Feuer saß und mit ihnen den Geschichten lauschte.

Sie schien es zu genießen, bei ihnen zu sein.

Bald trafen sich die Blicke des Geschichtenerzählers und der Krankenschwester. Der Geschichtenerzähler stockte.

Ihre Blicke gingen tief und das Leuchten ihrer beiden Augen ließ den Stein an seinem Herzen tanzen. Er nickte ihr wie zum Gruße zu, wandte seinen Blick ab und erzählte seine Geschichte weiter.

Dann erzählte er den Parias eine Geschichte über die Liebe. Zum ersten Mal erzählte er eine Geschichte über die Liebe und alle freuten sich darüber, dass ihm immer wieder etwas einfiel, um ihnen Mut zu machen und Hoffnung zu geben.

Sein Gesundheitszustand verschlechterte sich.

Die Krankenschwester aus dem fernen Land gab ihm Medizin und wusch seine Wunden.

Er sagte ihr, dass er sie liebe. Er sagte es in der Sprache, die sie nicht verstand. Sie spürte, was er sagte, lächelte und schwieg. Er sagte es ihr, obwohl er wusste, dass sie seine Worte nicht verstand. Er sagte es ihr, obwohl er wusste, dass sie seine Liebe nicht erwidern konnte. Er sagte es ihr, obwohl er wusste, dass er nur noch wenige Tage zu leben hatte. Er sagte es ihr, weil er wusste, dass sie ihn bis zuletzt begleiten würde.

Seine Beine wurden taub und er konnte nicht mehr gehen. Er bat sie in der Sprache, die sie nicht verstand, ihn am Morgen mit dem Rollstuhl in die Krankensäle zu schieben und am Abend an den Platz in der Dorfmitte, damit er die Geschichten des Steines erzählen konnte. Sie las es aus seinen Blicken und schob ihn.

Sie begleitete ihn, schob den Rollstuhl über sandige und holprige Wege.

Seine Stimme hatte längst an Kraft verloren, er musste oft stocken, um seine Geschichten zu erzählen. Sie legte ihre Hand auf seine Schulter und auf seinen Rücken, um ihn zu stärken.

Dann verließ ihn seine Stimme.

Er konnte nur noch liegen. Er wusste, dass er den Tag nicht überleben würde. Sie saß an seinem Bett, hielt mit der rechten Hand seine Hand fest und berührte mit der linken Hand sein Herz.

Er blickte ihr noch einmal tief in ihre Augen, nahm seinen Stein ab und gab ihn ihr. Sie lächelte ihn an und sagte »Danke« in einer Sprache, die er nicht verstand. Aber er nickte ihr zu, wie zum Abschied, schloss die Augen und schlief ruhig für immer ein.

Sie verbrannten ihn und verstreuten seine Asche über dem Meer, damit der Wind sie hinaustrage in die Welt, von der er ihnen immer erzählte.

Die Bewohner der Insel blieben traurig zurück. Einer von ihnen war gegangen, wie jeden Tag viele von ihnen gingen. Sie hatten sich an den Tod gewöhnt. Und doch hatten einige Tränen in den Augen, als der Wind seine Asche zerstob. Wer sollte ihnen jetzt Geschichten erzählen?

Auch die Krankenschwester hatte Tränen in den Augen. In dem Moment wurde der Stein, den sie an ihrem Herzen trug, ganz warm. Da lächelte die Krankenschwester aus dem fernen Land, die wie ein Engel aussah und machte sich an ihre Arbeit.

Als ihre Zeit auf der Insel zu Ende war, standen die

Parias bei ihr Schlange, um sich von ihr zu verabschieden. Alle wollten sich für das Geschenk, das sie ihnen gebracht hatte, bedanken.

Als sie das Schiff bestieg, um die Insel zu verlassen, hatten einige Tränen in den Augen: Eine Krankenschwester ging von ihnen, wie schon so oft. Doch keine war so besonders wie diese. Wer sollte ihnen jetzt Wärme, Güte und Würde geben?

Da legte ein Schiff mit neuen Aussätzigen an. Einer stieg aus und erzählte ihnen, dass ein Stein vom Himmel gefallen war, ihm genau vor die Füße.

Seitdem erzähle ihm der Stein Geschichten aus einer Welt des Glücks, der Freude und der Fülle.

Der Stein am Herzen der Krankenschwester wurde warm und erzählte ihr seine eigene Geschichte:

So wie er aus der Asche eines Geschichtenerzählers entstanden ist, wurde auch aus der Asche unseres Geschichtenerzählers ein Stein, der vom Himmel fiel. Auch dieser Stein wird seinem Besitzer Geschichten erzählen, damit der Fluss von Glück und Freude nie unterbrochen wird.

Sie lächelte und kehrte zurück in ihr fernes Land. Der Stein an ihrem Herzen begleitete sie bis an ihr Lebensende.

Die Erinnerung an ihre Zeit auf der Insel ließ ihre Augen leuchten und den Stein an ihrem Herzen tanzen.

8 Goldmondnacht

*E*s war einmal – so fängt auch diese Geschichte an – ein kleiner Junge.
Und es ist noch gar nicht lange her, dass sich diese Geschichte zutrug, die ich in dieser Nacht erzählen werde.

Also: Es war einmal ein kleiner Junge. Er war arm und hatte kein Zuhause. Tagsüber zog er durch Straßen und Gassen und bettelte.
Nachts schlief er auf Parkbänken und unter Brücken. Er deckte sich mit Zeitungen zu und schrieb darauf im Schein des Mondlichts Verse.
Morgens kamen die Straßenkehrer, nahmen ihm seine Zeitungen und seine Verse weg und verjagten ihn. Er sah, wie die Straßenkehrer seine Zeitungen und seine Verse zerknüllten. Er sah, wie die Müllautos seine Zeitungen und seine Verse wegfuhren. Der kleine Junge lachte dabei.
Niemand konnte ihm seine Verse nehmen. Er trug sie wie einen kostbaren Schatz in seinem Herzen. Die Verse waren sein einzig Hab und Gut. Außer seinen zerlumpten Kleidern. Aus der Stadt kam er nie heraus.

Der Tag, von dem ich erzähle, war ein Tag wie jeder andere.

Fast.

Tagsüber war er durch Straßen und Gassen gezogen und hatte gebettelt. Seine Ausbeute war mager an jenem Tag. Ein trockenes Stück Brot und einen schrumpligen Apfel hatte man ihm gegeben. Er war müde und hungrig an diesem Abend.

Alle Schlafplätze unter den Brücken waren belegt. Die Parkbänke auch. Auf der letzten Parkbank saß ein Mädchen in zerlumpten Kleidern. Die beiden schauten sich an. Der kleine Junge sah ihr an, dass auch sie kein Zuhause hatte. Der kleine Junge sah ihr an, dass auch sie Hunger hatte. Aber sie lächelte.

»Ich kann die Parkbank mit dir teilen«, sagte sie, »setz dich zu mir.«

»Danke.« Er nahm Platz.

»Ich habe nur ein trockenes Stück Brot und einen schrumpligen Apfel«, sagte er, »ich kann mit dir teilen.«

»Danke.« Sie biss von Brot und Apfel ab.

»Schau«, sagte der kleine Junge, »der Mond, er ist goldener als sonst.«

Die Nacht war kalt und sie rückten näher.

»Wie heißt du?«, fragte das Mädchen.

»Ich habe keinen Namen«, sagte der Junge.

»Ich auch nicht«, sagte das Mädchen.

»Woher kommst du?«, fragte das Mädchen.

»Von einem Traumstern, weit hinter dem goldenen Mond«, antwortete der Junge.

Das Mädchen rückte von ihm weg.

»Das gibt es nicht«, sagte sie, »aber ich weiß auch nicht, woher ich komme.«

Der kleine Junge rückte näher an sie heran.

»Den Traumstern gibt es wohl. Ich schreibe täglich Verse über ihn. Und eines Tages wird er mich heimholen und alles wird gut werden.«

Das Mädchen rückte von ihm weg: »Gibt es nicht.«

Der kleine Junge rückte näher an sie heran.

»Den Traumstern gibt es wohl. Iss noch. Du siehst noch hungrig aus.«

»Wir haben nichts mehr«, sagte das Mädchen, dann stockte sie.

Auf der Parkbank lag ein frischer Laib Brot. Zwei reife Äpfel glänzten im Schein des goldenen Mondes.

»Siehst du?«, sagte der Junge, »der Traumstern. Er versorgt uns.«

Das Mädchen rückte von ihm weg.

»Ich weiß nicht. Mir ist kalt. Hast du eine Zeitung zum Zudecken?«

Der kleine Junge rückte näher an sie heran.

»Den Traumstern gibt es wohl. Nimm.« Er streckte ihr eine Zeitung entgegen.

»Deine Zeitung ist dünn«, sagte das Mädchen, dann stockte sie: Sie hielt eine warme, weiche Decke in ihren Händen. Im Schein des goldenen Mondes.

»Siehst du?«, sagte der Junge, »der Traumstern. Er versorgt uns.«

Das Mädchen rückte nicht von ihm weg.

»Erzähl mir von deinem Traumstern.«

Der kleine Junge rückte näher an sie heran.

»Ich weiß nichts über ihn. Nur, dass es ihn gibt. Irgendwo da draußen, in der Weite des Himmels. Da muss er irgendwo sein. Ein leuchtender Stern, der es gut mit uns meint. Der uns tröstet, wenn wir traurig sind. Der uns wärmt, wenn uns kalt ist. Der uns zu essen gibt, wenn wir hungrig sind. Der uns umarmt, wenn wir alleine sind. Der uns in den Schlaf wiegt, wenn wir verlassen sind. Ich habe so oft von ihm geschrieben, dass ich sicher bin, dass es ihn gibt.«

Das Mädchen rückte näher an ihn heran. Sie berührten sich.

»Ich glaube dir. Ich habe noch nie etwas so Schönes gehört. Ich ginge gerne mit dir da hin. Weißt du, wie wir dorthin kommen?«

Der kleine Junge nahm ihre Hand. Sie standen von der Parkbank auf und schauten in den Himmel.

»Ich weiß nicht, vielleicht müssen wir einfach ja sagen und bereit sein zu kleinen Schritten«, sagte er.

»Ja, vielleicht«, sagte das Mädchen.

Sie standen da, im Schein des goldenes Mondes, Hand in Hand, sagten jeder einmal laut ja, und der Himmel öffnete sich.

Eine Treppe mit flachen Stufen und goldfarbenem Teppich wurde sichtbar.

Sie gingen Stufe für Stufe in kleinen Schritten im Schein des goldenen Mondes und erreichten eine Welt jenseits unserer Welt.

Sie erreichten eine Welt, in der die Tische reich gedeckt waren, in der es warm war. Sie erreichten eine Welt, in der sie sich zu Hause fühlten. Sie waren glücklich, glücklich wie noch nie.

So ist es, zu Hause zu sein, sagten sie sich und blieben.

So ist es geschehen in jeder Goldmondnacht.

9 Am Strandbad

Ein kleines Strandbad an der französischen Atlantikküste. Die Saison geht zu Ende. Die meisten Gäste sind schon abgereist, die ersten Cafés haben schon geschlossen.

Julie, die Kellnerin, reist morgen ab. Den Maler hat sie immer bevorzugt behandelt. Angelächelt, angehimmelt hat sie ihn. Ja, freundlich war er. Aber gefragt, ob sie mit ihm ausgeht, das hat er nicht. Morgen reist sie ab. Und er? Wohin wird er gehen? Sie weiß es nicht.

Sie geht an den Strand, an dem er malt.
Der Strand ist leer. Nur sie, er und ein paar Möwen. Und der letzte Sommerwind.
Sie setzt sich in den Sand, nicht weit von ihm entfernt. Ja, er muss sie sehen.
Ja, er muss sie heute ansprechen.
Es ist doch ihr letzter Tag.
Er bleibt sitzen und malt.
Sie streift den Träger ihres Strandkleides über ihre Schulter.

Ob er sie sieht? Ob ihm das gefällt?
Er bleibt sitzen und malt.
Sie streicht sich durch das Haar, über ihre Haut.
Ob er das sieht? Ob ihm das gefällt?
Er bleibt sitzen und malt.
Nein, sie gefällt ihm nicht.
Nein, sie ist zu hässlich für ihn.
Und sie ist ja nur eine arme, kleine Kellnerin.
Und er ein Maler, ein Künstler, sicher ein Mann von Welt, der die Schönen und Reichen kennt und malt.
Sie dreht sich zu ihm um. Er sitzt da und malt.
Sie steht auf, geht zum Wasser, zieht ihr Strandkleid aus, lässt das Wasser über ihr Gesicht, über ihren Körper perlen.
Ob er sie jetzt sieht? Ob ihm das gefällt?
Er sitzt da und malt.
Sie geht zurück zu ihrem Strandlaken, trocknet sich ab, langsam, ganz langsam.
Ob er sie sieht? Ob ihm das gefällt?
Er sitzt da und malt.
Nein, sie gefällt ihm überhaupt nicht.
Nein, sie ist viel zu hässlich für ihn.
Und sie ist ja nur eine arme, kleine Kellnerin.
Und er ein großer Maler, ein großer Künstler, ein Mann von Welt, der die Schönen und Reichen kennt und malt.
Er wird sie nicht ansprechen. Nicht heute. Niemals. Nie.
Sie zieht sich an und geht.
Geht weit entfernt an ihm vorbei, ohne Wort, ohne Blick, ohne Lächeln.
So sieht sie nicht das, was er malte: »Schöne am Strand«.
Zwei Pinselstriche noch hätte er gebraucht, dann wäre

er fertig gewesen, wäre aufgestanden, wäre zu ihr gegangen und hätte ihr das Bild geschenkt.

Sicherlich wäre sie am Abend mit ihm noch etwas essen gegangen. Und wer weiß, was dann.

Morgen reist er ab.

Und sie? Wohin wird sie gehen? Er weiß es nicht.

Ja, sie gefiel ihm.

Ja, sie war viel zu schön für ihn.

Ja, sie war seine Strandkönigin dieses Sommers.

So grazil, so anmutig, so zurückhaltend.

Und er nur ein armer, kleiner Maler, ein brotloser Künstler, der die Schönen malt, ohne sie jemals kennen zu lernen.

So sitzt er noch lange im letzten Sommerwind. Und sieht zu, wie der Sommerwind ihr Bild davonträgt.

10 Land ohne Zeit

Fernab der Vernunft liegt das Land ohne Zeit.
Ich kann mich nicht mehr erinnern, wie ich hierher kam und wie lange ich schon hier bin. Es ist mir einerlei geworden. Im Land ohne Zeit spielt das ohnehin keine Rolle.
Ich gehe durch das Land ohne Zeit.
Im Land ohne Zeit begegne ich dir. Ich kann mich nicht erinnern, dich jemals gesehen zu haben.
Im Land ohne Zeit gibt es keine Erinnerungen an das Vergangene, das Gewesene.
Im Land ohne Zeit gibt es keine Erwartungen an das Zukünftige, das Kommende.
Wir sehen uns zum ersten Mal in die Augen. Es spielt keine Rolle, ob wir uns in einem anderen Land schon einmal in die Augen gesehen haben.
Du bist mir in diesem Augenblick vertraut.
In deinen Augen liegt ein Lächeln, von dem ich mir wünsche, dass es niemals vergehen wird. Aber im Land ohne Zeit gibt es kein niemals.
Ich greife nach deiner Hand, sie ist weich wie etwas nie Dagewesenes. Aber im Land ohne Zeit gibt es kein nie. Deine Hand ist einzigartig weich.
Wir gehen gemeinsam an das Meer im Land ohne Zeit,

unsere Hände passen ineinander. Wir stehen am Meer im Land ohne Zeit und lauschen den Wellen.

Der Wind spielt mit deinem Haar. Ich stehe hinter dir und halte dich mit meinen Armen umschlossen.

Habe ich mich jemals so wohl gefühlt? Im Land ohne Zeit gibt es kein jemals.

Ich atme den Duft deines Haares ein. Dein Haar duftet einzigartig.

Meine Lippen berühren deine Wangen. Sie sind einzigartig weich.

Ich spüre dein Herz schlagen. Es schlägt ruhig und zufrieden.

Ich spüre mein Herz schlagen. Auch mein Herz schlägt ruhig und zufrieden.

Ich sage: »Du bist einzigartig.«

Du sagst: »Ich weiß.«

Deine Stimme ist einzigartig sanft. Du lachst dabei und schmiegst dich an mich. Wir stehen da. Wie lange wohl schon? Ich weiß es nicht.

Im Land ohne Zeit spielt Zeit keine Rolle.
Im Land ohne Zeit ist alles einzigartig neu.
Im Land ohne Zeit gibt es nur eine Erinnerung.
Es ist die Erinnerung zu lieben.
So genieße ich dankbar den Augenblick mit dir.

11 Die Fährfrau

*D*ie Fährfrau band die kleine Fähre an einem Holzpfahl fest und ging zum Haus. Das letzte Mal an diesem Tag hatte sie den Fluss überquert.

»Hola, hola«, hörte sie eine Stimme.

Sie drehte sich um. Auf der anderen Seite des Flusses stand ein Mann und winkte zu ihr herüber. Pflicht, dachte sie, band die kleine Fähre wieder los und überquerte den Fluss.

Auf der anderen Seite angekommen, sagte der Mann: »Gracias, Senora, muchas gracias.«

Seine Augen funkelten. Er führte sein Pferd, einen edlen Rappen, auf die Fähre.

Sie betrachtete Ross und Reiter.

Ein edler Rappe, dachte sie, mal etwas anderes als die Esel und Maultiere der Goldsucher, die sie sonst über den Fluss führte.

Und der Reiter, dachte sie, nur der Drei-Tage-Bart erinnerte daran, dass sie mitten im Urwald waren. Ansonsten machte er einen sehr gepflegten Eindruck. Er trug eine dunkle Leinenhose, eine Jacke, die ebenfalls aus Leinen war, darunter ein weißes, ein blütenweißes Hemd. Sicherlich aus Seide, dachte sie. Die beiden obersten Knöpfe sei-

nes Hemdes waren offen. Auf seiner behaarten Brust glänzte ein goldenes Kreuz, nicht gerade ein kleines, dachte sie. Er bemerkte, dass sie ihn betrachtete und musterte. Er lächelte. Seine weißen Zähne blitzten.
Nein, von hier ist er sicherlich nicht, dachte sie. Wieder sah sie seine funkelnden Augen. Er gefiel ihr.
Die kleine Fähre legte an.
Der Mann führte seinen Rappen von der Fähre und musterte das Fährhaus.
»Wie viel?«, fragte er.
»Zwei Pesos für die Überfahrt«, sagte sie.
»Keine Gäste?«, fragte er.
»Heute nicht«, sagte sie, »sonst nur selten.«
»Wie viel kostet eine Übernachtung?«, fragte er.
»Zehn Pesos«, antwortete sie.
Er kramte in seiner Hosentasche, zog ein Bündel Geldscheine hervor und blätterte darin. Dann nahm er einen Zwanzig-Peso-Schein in seine Hand und reichte ihn ihr.
»Fähre, Übernachtung und ein Abendessen«, sagte er, »Stimmt so.«
»Eine Suppe kann ich kochen«, sagte sie, »Hühnersuppe mit Reis.«
»Ja, bestens«, sagte er, »ich mache mich derweil frisch.«
Er lächelte.

Sie stand am Herd, sah, wie er sein Pferd striegelte, ihm einen Eimer Wasser und einen Sack Hafer hinstellte. Dann sah sie, wie er an den Fluss hinunterging, seine Jacke und sein Hemd auszog, sich wusch und sich rasierte.
Ein muskulöser Oberkörper, dachte sie.

Sie hörte, dass er ein Lied pfiff.

Ein fröhlicher Mensch, dachte sie.

Dann zog er sich wieder an und kehrte ins Haus zurück.

Sie hörte seine Schritte im Flur, hörte wie er die Küche betrat, sich ihr näherte.

Ohne sich umzudrehen rührte sie weiter ihre Suppe.

Er stand direkt hinter ihr, berührte ihre Schulter, ihr Haar.

»Sie haben schönes Haar«, sagte er.

Sie fühlte sich geschmeichelt.

Sie spürte seine Lippen an ihrem Hals. Seine Lippen liebkosten sie. Den Hals herunter und wieder herauf, bis an ihr Ohr. Er biss sanft in ihr Ohr.

»Sie haben sehr schöne Haut«, flüsterte er ihr ins Ohr.

Sie genoss seine Worte und seine Liebkosungen.

Seine Hand fuhr nun ihren Hals entlang, an ihr Brustbein, in ihre Bluse. Sie ließ es zu. Er öffnete einen Knopf ihrer Bluse, den nächsten.

Ihr Körper zitterte leicht vor Erregung, ihr Atem wurde schwerer, wie auch sein Atem an ihrem Ohr.

Er berührte ihre Brüste, seine Hände näherten sich ihren Brustwarzen, die schon auf ihn warteten.

»Ich will dich«, flüsterte er ihr ins Ohr und ein kräftiger Biss in ihren Hals bestärkte seine Absicht.

»Die Suppe ...«, sagte sie.

»Ich will dich sofort«, sagte er. Er riss sie herum, öffnete einen weiteren Knopf ihrer Bluse, auch den nächsten, mit der einen Hand streichelte er ihre Brust, mit der andern zog er ihre Bluse aus ihrem Rock.

Sein Mund näherte sich ihrem, berührte ihre Lippen,

seine Zunge stieß in ihren Mund und umschlang ihre Zunge. Während seine linke Hand ihre Brust streichelte, fasste die rechte an ihren Rock, zog ihn hoch, streichelte ihre Schenkel ...

... sie gab sich ihm auf dem Küchenboden hin. Sie bebte unter seinen Liebkosungen.

Schließlich stand er auf, knöpfte seine Hose zu, ließ das Hemd draußen hängen, weit geöffnet bis fast zum Bauchnabel, und setzte sich auf einen Küchenstuhl.

Seine Beine legte er auf einen anderen.

»Jetzt habe ich Hunger«, sagte er.

Sie kümmerte sich um die Suppe, während er sich eine Zigarre ansteckte.

»Schmeckt gut«, sagte er nach seinem zweiten Teller.

Nach dem dritten Teller ging er nach draußen, zog eine Flasche Rum aus seiner Satteltasche, ging auf die Veranda und setzte sich in einen Korbsessel. Wieder zündete er sich eine Zigarre an.

Sie spülte das Geschirr und trocknete ab.

Dann ging sie zu ihm nach draußen.

»Setz dich zu mir, schöne Frau«, sagte er.

Sie griff nach der Lehne eines Stuhles, um diesen zu sich heranzuziehen, aber er griff nach ihrer Hand und zog sie auf sich.

Sie saß auf seinem Schoß, seine Hände strichen ihr das Haar aus ihrem Gesicht. Er streichelte ihre Wangen.

»Du bist so schön«, sagte er, »so wunderschön.«

Seine Hände strichen über ihren Hals, über ihre Brüste, über ihren Rücken. Sie schloss die Augen und genoss.

»Ich will dich«, flüsterte er ihr ins Ohr.
Sie gab sich ihm auf dem Sessel der Veranda hin. Sie bebte unter seinen Liebkosungen.
»Jetzt bin ich müde, schöne Frau«, sagte er danach.
Er schlief in ihrem Bett, ihr Kopf lag auf seiner behaarten Brust.
Was für ein Mann, dachte sie, was für ein Liebhaber.
Endlich, dachte sie.
Sie schlief sehr gut in dieser Nacht.

Als sie erwachte, war das Bett neben ihr leer.
Sie hörte sein Pfeifen aus der Küche.
Ein fröhlicher Mensch, dachte sie.
Als sie die Küche betrat, stand er am Herd, schon bekleidet, seine Satteltaschen standen gepackt in der Ecke.
»Hab schon Kaffee gekocht«, sagte er.
»Du gehst?«, fragte sie.
»Würde gerne bleiben, schöne Frau«, sagte er, »habe noch was zu erledigen in der Stadt.«
»Kommst du wieder?«, fragte sie.
»Ja, ich komme wieder«, antwortete er.
Er nahm sein goldenes Kreuz vom Hals.
»Für dich, schöne Frau«, sagte er und legte es ihr um, »ich liebe dich.«
Er küsste ihr Ohr.
Sie tranken gemeinsam ihren Kaffee, sprachen kaum dabei.
Dann stand er auf, küsste sie noch einmal leidenschaftlich und griff nach seinen Satteltaschen.
»Bis bald«, sagte er und ging aus der Küche.

Sie lief ihm hinterher, sah, wie er auf sein Pferd stieg.

»Wann kommst du?«, rief sie.

»Ein paar Tage wird es dauern«, rief er, drehte sich um und ritt davon.

Sie sah ihm lange nach, berührte mit ihrer Hand das goldene Kreuz an ihrer Brust.

»Meine Liebe«, dachte sie.

Dann verschwand das Pferd samt Reiter auf dem Pfad durch den Urwald, der zur Stadt führte.

Sie ging ihren Pflichten nach. Überquerte den Fluss, mehrmals am Tag, immer dann, wenn jemand die Fähre brauchte.

Drei, vier Tage vergingen.

Am fünften Tag band sie die kleine Fähre an einem Holzpfahl fest und ging zurück zum Fährhaus. Sie hatte den Fluss das letzte Mal an diesem Tag überquert.

»Hola, hola«, hörte sie eine Stimme.

Vor dem Fährhaus stand ein edler Rappe.

Wo ist der Reiter?, dachte sie.

Sie rannte freudig zum Fährhaus. Endlich, dachte sie.

Ein Polizist saß auf der Veranda.

Noch einmal sagte er »Hola«.

»Hola«, sagte auch sie.

»Ich habe einen Steckbrief aufgehängt«, sagte der Polizist, »ein Raubmörder ist in der Gegend. Pass nur auf dich auf, Fährfrau.«

»Si, si«, lachte sie.

Der Polizist trank noch ein Bier bei ihr, dann ritt er zurück in die Stadt.

Sie winkte ihm noch nach. Als sie sich umdrehte, fiel ihr Blick auf den Steckbrief.
Sie erkannte seine Augen sofort.

12 *Ein Bilderreigen*

Am Meer. In den Dünen. Ein Mann. Eine Frau. Sie sitzen nah beieinander. Sie hat ihren Kopf an seine Brust gelehnt. Er hat seine Arme um sie geschlossen. Stille. Sie schauen gemeinsam auf das Meer hinaus.

Auf einem Berg. Ein Mann. Eine Frau. Sie sitzen nah beieinander. Sie hat ihren Kopf an seine Brust gelehnt. Er hat seine Arme um sie geschlossen. Stille. Sie schauen gemeinsam in die Ferne.

An einem Feuer. Ein Mann. Eine Frau. Sie sitzen nah beieinander. Sie hat ihren Kopf an seine Brust gelehnt. Er hat seine Arme um sie geschlossen. Stille. Sie schauen gemeinsam in die Wärme.

An einem Fluss. Ein Mann. Eine Frau. Sie sitzen nah beieinander. Sie hat ihren Kopf an seine Brust gelehnt. Er hat seine Arme um sie geschlossen. Stille. Sie schauen gemeinsam in das fließende Wasser.

In einem dunklen Wald. Ein Mann. Eine Frau. Sie sitzen nah beieinander. Sie hat ihren Kopf an seine Brust gelehnt. Er hat seine Arme um sie geschlossen. Stille. Sie schauen gemeinsam die Finsternis.

Unter einem Wasserfall. Ein Mann. Eine Frau. Sie sitzen nah beieinander. Sie hat ihren Kopf an seine Brust gelehnt. Er hat seine Arme um sie geschlossen. Das Wasser fällt auf sie herab. Sie genießen gemeinsam das Bad.

In den Wolken über dem Olymp. Ein Mann. Eine Frau. Sie schweben nah beieinander. Sie hat ihren Kopf an seine Brust gelehnt. Er hat seine Arme um sie geschlossen. Stille. Sie lauschen gemeinsam den Stimmen der Engel.

In einer Wüste aus Sternenstaub. Ein Mann. Eine Frau. Sie gehen nah beieinander. Sie hat ihren Kopf an seine Brust gelehnt. Er hat seine Arme um sie geschlossen. Sie schauen gemeinsam in die Vergangenheit. Hinter ihnen nur eine Spur.

13 Der schwarze Ritter

Über der kleinen Stadt liegen zwei Burgen. Sie bewachen die kleine Stadt.

In der einen Burg wohnt der Schwarze Ritter. Die Menschen nennen ihn so, weil er eine schwarze Rüstung und einen schwarzen Helm trägt und auf einem schwarzen Pferd reitet. Seine Seele ist schwarz, erzählen sich die Menschen.

Sein Antlitz hat freilich noch niemand gesehen.

In der anderen Burg wohnt der Weiße Ritter. Die Menschen nennen ihn so, weil er eine weiße Kutte trägt und auf einem Schimmel reitet.

Von seiner Seele erzählen sich die Menschen nichts, na ja, rein wird sie nicht gerade sein, sagen sie.

Den beiden Rittern ist gemeinsam, dass man sie nie in Begleitung von Frauen sieht.

Der Schwarze Ritter reitet stets mit seinem Knappen durch die kleine Stadt. Der Schwarze Ritter spricht nicht mit den Menschen aus der Stadt. Er lässt den Knappen sprechen.

Der Weiße Ritter reitet stets allein durch die Stadt, steigt ab und redet mit den Menschen. Manchmal sitzt er auch eine Zeitlang bei ihnen und erzählt von seinen Reisen und

Kämpfen. Auch Frauen hören ihm gespannt zu. Aber dass ihn eine begleitet hätte, das kam niemals vor.

Die beiden Ritter gehen sich die meiste Zeit respektvoll aus dem Weg.

An einem Markttag im Sommer geschah es dann. Der Weiße Ritter saß auf dem Marktplatz und erzählte. Eine Menschentraube saß um ihn herum und lauschte. Der Wein floss reichlich und lockerte die Zungen.

Da kam der Schwarze Ritter mit seinem Knappen vorbeigeritten und der Weiße Ritter sprach aus, was viele dachten:

»Nun, Schwarzer Ritter, bist du mit deinem Geliebten unterwegs?«

Der Schwarze Ritter flüsterte seinem Knappen etwas ins Ohr und dieser verkündete:

»Entschuldige dich sogleich. Ansonsten kämpfe. Kämpfe um Leben oder Tod.«

Worauf der Weiße Ritter einwarf: »Der getroffene Hund bellt.«

Ehe es sich der Weiße Ritter versah, ward ihm der Fehdehandschuh entgegengeworfen.

Schon war der Schwarze Ritter von seinem Pferd gesprungen und hatte sein Schwert aus der Scheide gezogen.

Auch der Weiße Ritter sprang nun auf und zog sein Schwert. Alle verstummten.

Schon trafen sich die Schwerter. Hieb um Hieb. Stille. Nur die Schwerter klangen in den Straßen.

Hieb um Hieb. Die Schwerter trafen sich unerbittlich. Der Schwarze Ritter hatte die Kraft eines Bären und die

Eleganz einer Gazelle. Der Weiße Ritter kämpfte eher behäbig. Ein Hieb traf die Schulter des Weißen Ritters, er strauchelte und fiel zu Boden.

Der Schwarze Ritter drückte seinen Stiefel auf die Brust des Weißen Ritters. Das Schwert des Schwarzen Ritters näherte sich der Brust des Weißen Ritters.

Das Schwert kam immer näher.

Die Spitze seines Schwertes drückte auf das Herz des Weißen Ritters. Nur noch ein leichter Stoß und er würde seinem Leben ein Ende setzen.

Plötzlich zog er sein Schwert zurück, wies den Weißen Ritter an, aufzustehen. Ein Raunen ging durch die Menge. Der Kampf begann von Neuem.

Wieder trafen sich die Schwerter. Hieb um Hieb. Stille. Nur die Schwerter klangen in den Straßen.

Hieb um Hieb. Unerbittlich.

Ein Hieb traf die Schulter des Schwarzen Ritters, er strauchelte und fiel zu Boden.

Das Schwert des Weißen Ritters näherte sich der Brust des Schwarzen Ritters.

Das Schwert kam immer näher.

Die Spitze seines Schwertes drückte auf den Kehlkopf des Schwarzen Ritters. Nur noch ein leichter Stoß und er würde seinem Leben ein Ende setzen.

Plötzlich zog er sein Schwert zurück, wies den Schwarzen Ritter an, aufzustehen. Ein Raunen ging durch die Menge. Dann begann der Kampf begann von Neuem.

Noch ein paar Mal trafen sich ihre Schwerter, dann hielten beide inne und verneigten sich respektvoll voreinander. Ein Raunen ging durch die Menge. Alle waren erstaunt.

Jeder der beiden Ritter stieg auf sein Pferd und ritt in seine Burg.

Im Schutz der Dunkelheit ritt der Knappe des Schwarzen Ritters zur Burg des Weißen Ritters und sprach vor. Der Knappe gab an, der Schwarze Ritter wolle den Weißen Ritter in seiner Burg empfangen, noch heute Nacht. Er verbeugte sich und entschwand wieder in der Dunkelheit.

Der Weiße Ritter folgte ihm nach einer Stunde.

Zum ersten Mal betrat der Weiße Ritter die Burg des Schwarzen Ritters.

Der Knappe führte ihn in einen großen Saal.

Der Schwarze Ritter erwartete die beiden bereits. Der Schwarze Ritter reichte dem Weißen Ritter die Hand. Der Schwarze Ritter flüsterte dem Knappen etwas ins Ohr und der Knappe sprach:

»Der Schwarze Ritter begrüßt dich in seiner Burg. Er möchte sich bei dir dafür bedanken, dass du ihn am Leben gelassen hast. Er fragt sich, warum du ihn nicht getötet hast.«

Der Weiße Ritter antwortete: »Auch ich grüße den Schwarzen Ritter. Es ist mir eine große Ehre, seine Burg zu besuchen. Auch ich möchte mich bei ihm bedanken. Dafür, dass er mich am Leben gelassen hat. Auch ich frage mich, warum er mich nicht getötet hat.«

Der Schwarze Ritter nickte, flüsterte dem Knappen wieder ins Ohr und der Knappe sprach: »Er wartet auf deine Antwort.«

Der Weiße Ritter antwortete: »Es mag merkwürdig klingen, aber ich habe in seinen Augen etwas gesehen, das mich hinderte.«

Der Schwarze Ritter nickte, flüsterte dem Knappen ins Ohr und der Knappe sprach: »Was hast du gesehen?«

Der Weiße Ritter antwortete: »Es mag sehr merkwürdig klingen, aber ich habe in seinen Augen Liebe gesehen.«

Der Schwarze Ritter nickte, flüsterte dem Knappen erneut ins Ohr und der Knappe sprach: »Auch der Schwarze Ritter hat etwas in deinen Augen gesehen, das ihn hinderte, dich zu töten.«

»Was?«

Der Schwarze Ritter nickte, flüsterte dem Knappen ins Ohr und der Knappe sprach: »Auch der Schwarze Ritter hat in deinen Augen Liebe gesehen.«

Die drei schwiegen. Minutenlang. Der Schwarze Ritter zog sich einige Schritte zurück, schaute nachdenklich aus einem Fenster auf die Stadt hinunter, dann drehte er sich wieder um, flüsterte dem Knappen etwas ins Ohr und der Knappe sprach:

»Ich soll mich zurückziehen. Der Schwarze Ritter möchte mit dir unter vier Augen sprechen.«

Der Knappe verneigte sich und schritt zur Tür.

»Der Schwarze Ritter kann sprechen?«, rief der Weiße Ritter dem Knappen erstaunt nach. Die Tür fiel hinter dem Knappen ins Schloss.

Eine weiche Stimme sagte: »Ja, ich kann sprechen.«

Der Weiße Ritter sah den Schwarzen Ritter verdutzt an.

»Du kannst sprechen?«

»Ja«, antwortete eine unglaublich weiche Stimme.

Der Schwarze Ritter griff an seinen Helm und zog ihn

ganz langsam über seinen Kopf. Langes, blondes wallendes Haar fiel heraus.

Der schwarze Helm fiel zu Boden, der Schwarze Ritter fuhr mit seiner Hand durch sein Haar, strich es aus dem Gesicht und offenbarte das Gesicht einer jungen, wunderschönen Frau.

Der Weiße Ritter traute seinen Augen kaum.

»Du bist eine ...?« Ein langes Schweigen. »Du bist eine Frau?«

»Ja«, antwortete der Schwarze Ritter.

»Ich verstehe nicht. Warum kleidest du dich wie ein Mann, wieso kämpfst du wie ein Mann?«

Der Schwarze Ritter trat näher, legte dem Weißen Ritter einen Finger auf den Mund und sagte:

»Schweig jetzt bitte. Bitte.«

Eine Träne floss die Wange des Schwarzen Ritters hinunter.

Der Weiße Ritter zog sie an sich, schloss sie in seine Arme und hielt sie fest.

Der Schwarze Ritter schluchzte.

»Warum das alles? Warum verbirgt sich so ein wunderschönes Wesen wie du hinter einer schwarzen Rüstung und einem schwarzen Helm?«

»Frag jetzt nicht. Bitte nicht.«

Sie standen minutenlang da, aneinandergelehnt, schwiegen, spürten, wie eine unglaubliche Wärme zwischen ihren Herzen floss.

Die Zeit verging, der Fluss von Herz zu Herz war ununterbrochen.

»Willst du es wirklich wissen?«, fragte sie ihn.

»Ja.«

Sie griff nach seiner Hand und führte ihn in ihr Schlafgemach. Das Mondlicht erhellte den kargen Raum.

Sie wandte ihm ihren Rücken zu, löste Knopf um Knopf ihres Hemdes und ließ es zu Boden fallen. Er sah ihren nackten Rücken. Er war von Narben übersät.

Sie drehte sich um, er sah ihre nackten Brüste, ihren nackten Bauch. Ihre Brüste, ihr Bauch waren ebenfalls von Narben übersät.

Er schwieg, betroffen, berührt, und sein Herz schmerzte.

»Kann ein Mann eine Frau mit einem solchen Körper lieben?«, fragte sie. Die Worte kamen stockend, fast einzeln, in Silben zerstückelt aus ihrem Mund.

»Ja, ich kann es. Ja, ich will es«, sagte er.

»Ich liebe dich«, sagte er.

Sie rückte an ihn heran, drückte ihren Kopf an seine Brust, er zog sie an sich.

Seine Hände strichen sanft über ihre Haut, über ihre Narben.

»Wer hat dir das angetan?«, fragte er.

»Männer«, sagte sie, »Männer, die mich liebten. Männer, die ich liebte.«

Er berührte eine Narbe an ihrem Rücken.

»Verzeih«, sagte er, »hab ich dir weh getan?«

»Nein«, sagte sie. «Am schlimmsten sind die Narben im Herzen.«

Sie blickte zu ihm auf. Ihre Gesichter näherten sich. Zum ersten Mal berührten sich ihre Lippen, ganz sanft, ganz zart. Ihre Zungen berührten sich. Sie sanken auf ihr Bett.

Seine Lippen berührten ihren Hals, ihre Schultern,

ihren Busen. Er wagte nicht, sie mit seinen Händen zu berühren.

Sie wurde sanft und weich unter seinen Liebkosungen und seiner Zärtlichkeit. Und wie sie dahinschmolz, veränderten sich ihre ersten Narben und verheilten zu weicher Haut.

Ihre Hand fand ihren Weg unter sein Hemd, berührte die Haut seines Rückens und zuckte zurück.

»Was ist mit deinem Rücken?«, fragte sie.

»Wunden wie deine«, sagte er, »Wunden der Vergangenheit.«

Jeder legte einen Finger auf den Mund des anderen. Jeder küsste den Finger des anderen. Sie schwiegen den Rest der Nacht. Sie genossen die Hände und den Mund des anderen auf ihrer Haut. Sie genossen die Nähe zueinander.

Kurz bevor die Sonne aufging, verließ der Weiße Ritter die Burg des Schwarzen Ritters.

Sie trafen sich jede Nacht, lagen beisammen, Haut an Haut. An Haut, die immer weicher, samtiger und heiler wurde.

Sie lagen zusammen, streichelten und küssten sich.

Der Abschied vor Sonnenaufgang fiel ihnen zunehmend schwerer. Eines Morgens wollte der Abschied kein Ende nehmen.

Sie stand am Fenster ihres Schlafgemachs, ihr Oberkörper entblößt und schaute hinunter auf die Stadt.

Er trat hinter sie, legte seine Arme um ihren Bauch. Sie

legte ihre Hände auf die seinen und führte eine Hand an ihr Herz.

»Es tut so weh, wenn du gehst«, sagte sie.

Er drückte sie fest an sich, küsste sie auf ihr Ohr und flüsterte:

»Komm mit mir. Ich bitte dich, werde meine Frau.«

»Deine Frau? Für die Menschen unten in der Stadt bin ich ein Mann. Wie soll ich da deine Frau werden? So gerne ich es wäre. Wie soll ich dir ein Versprechen geben, da ich doch schon seit Jahren mit einer Lüge lebe? Wie sollst du mir jemals vertrauen? Die Menschen in der Stadt werden mit Fingern auf mich zeigen und es mir nachrufen.«

»Nur du und ich wissen, warum du lügst. Deine Lüge ist ein Schutz, mehr nicht. Du weißt, dass ich dir vertraue. Bei mir brauchst du weder Schutz noch Lüge.«

Sie drückte seine Hand fester an ihr Herz. Es bebte.

»Und wenn wir von hier wegziehen? Irgendwohin, wo uns keiner kennt?«, fragte er.

»Wir sind hier geboren, hier aufgewachsen«, sagte sie.

»Waren wir hier jemals glücklich?«, fragte er.

»Ja«, sagte sie und stockte, »ich war es. In den letzten Tagen und Wochen. Mit dir.«

Sie drückte seine Hand noch mehr an ihr Herz.

Am Horizont erschien die Sonne als roter Feuerball.

»Du musst jetzt gehen, bitte«, sagte sie, »die Menschen in der Stadt werden dich sonst sehen. Mein Knappe sagt, es gibt schon Gerede. Sie fragen sich, warum du so oft bei mir bist.«

»Warum ich bei dir bin?«, fragte er, »vielleicht bereiten wir einen Feldzug vor?«

»Einen Feldzug?«, fragte sie. »Ich bin es leid, zu kämpfen.«
Sie schauten sich lange in die Augen. Sie verstand wortlos und nickte.
»Du hast recht«, sagte sie, »kämpfen wir gegen die Lüge.«
Nach wenigen Tagen zogen die beiden in den Kampf, weit weg von der Stadt.
Als nach vier Wochen in der Burg des Schwarzen Ritters ein Feuer ausbrach und die Burg in Schutt und Asche legte, sagten nicht wenige in der Stadt, die Asche sei so schwarz wie die Seele des Schwarzen Ritters.

Nach drei Monaten kam ein Herold zurück in die Stadt. Er verkündete, es gebe eine gute und eine schlechte Nachricht. Die schlechte zuerst: Der Schwarze Ritter sei in einer Schlacht umgekommen. Er sei bereits auf dem Schlachtfeld begraben.

Die gute: Der Weiße Ritter habe eine Frau gefunden, sobald er zurückkäme würde es ein großes Fest in der Stadt geben, seine Hochzeit.

Die Menschen in der Stadt sahen hinauf zu der Ruine, die einst die Burg des Schwarzen Ritters war. Die schwarze Seele ist heimgegangen, sagten sie.

Nach zwei Wochen empfingen sie freudig den Heimkehrenden und die wunderschöne Frau an seiner Seite.

Das Hochzeitsfest dauerte drei Tage und drei Nächte. Die Menschen in der Stadt würden das Fest nie vergessen.

In der Nacht nach dem Fest stand die junge Frau am Fenster seines Schlafgemachs und blickte hinüber auf den Hügel, auf dem einst ihre Burg stand.

Der Weiße Ritter trat hinter sie, legte seine Hände um sie. Sie nahm seine Hand und führte sie an ihr Herz. Es schlug ruhig und sanft.

Gemeinsam blickten sie auf den Hügel, auf dem Lüge und Schmerz verbrannt und begraben lagen.

Und während sie da standen, fühlten sie wieder eine unglaubliche Wärme, die von Herz zu Herz floss wie ein nie versiegender Quell.

Als ein roter Feuerball am Horizont erschien, legten sie sich in sein Bett und liebten sich zum ersten Mal.

Nach neun Monaten schenkte sie ihm einen Sohn.

Sie tauften ihn auf einen Namen, der in unserer Sprache »Sohn der Liebe« bedeutet.

Zwei Jahre später schenkte sie ihm eine Tochter.

Sie tauften sie auf einen Namen, der in unserer Sprache »Tochter der Liebe« bedeutet.

Ihre Kinder trugen ein neues Wappen hinaus in die Welt. Eine weiße Lilie, die aus schwarzer Asche wächst.

14 Eine Liebeserklärung

*E*in Mann betritt das gemeinsame Schlafzimmer. Er trägt einen Anzug und Krawatte, darüber einen Mantel und eine Aktentasche unter dem Arm. Die Frau liegt im Bett. Sie hat die Augen geschlossen. Der Mann setzt sich an die Bettkante und beginnt zu reden.

»Lass mich noch ein paar Minuten an deinem Bett sitzen, bevor ich zur Arbeit gehe. Lass deine Augen ruhig geschlossen. Schlaf ruhig weiter. Es ist noch so früh. Draußen ist es noch nicht einmal richtig hell. Ich habe Dir Frühstück gemacht. Den Kaffee ganz stark, so wie du ihn magst. Und frische Brötchen geholt, ganz früh. Ich musste nach hinten in die Backstube. Die Bäckerei hatte noch geschlossen. Die Brötchen sind noch warm. Du magst doch die Brötchen, wenn sie noch etwas warm sind. Und einen Strauß roter Rosen habe ich dir mitgebracht. Der Blumenhändler kam gerade vom Großmarkt. Er lässt dich grüßen. Rote Rosen, die liebst du doch.

Nein, bleib liegen. Ich weiß, wo die Vasen sind.

Wie schön du bist, wenn das erste Licht des Tages auf deine helle Haut fällt. Wann habe ich dir das letzte Mal gesagt, wie schön du bist? Oh ja, ich weiß es schon nicht mehr. Aber dass ich dich liebe, das habe ich dir erst gestern gesagt. Vorgestern auch. Und heute sage ich es wieder. Ich sage es jeden Morgen, bevor ich zur Arbeit gehe. Du schläfst dann ja noch. Kann sein, dass ich manchmal am Wochenende vergesse, es dir zu sagen. Ich liebe dich.

Nein, sag jetzt nichts. Du wirst es schon wissen, auch wenn ich es mal nicht sage. Ich liebe dich wie am ersten Tag. Nein, noch viel mehr. Erinnerst du dich noch an unseren ersten Tag? Den Tag, an dem wir uns verliebt haben?

Nein, sag jetzt nichts. Ich kann mich noch sehr gut erinnern. Die Fältchen unter deinen Augen. Deine Grübchen. »Meine kleine Göre« habe ich dich genannt. An jeden Moment kann ich mich erinnern. Nein, lach jetzt nicht. Ich sage das nicht nur einfach so. Ich kann mich an jede Einzelheit erinnern. Es ist schon so viele Jahre her. Wir saßen zusammen und haben die ganze Zeit nur gelacht. Haben gelacht, als gäbe es auf dieser Welt nichts außer uns und unserem Glück. Ich habe an jenem Tag mein Herz gespürt, wie ich es noch nie in meinem Leben gespürt habe. Ich weiß nicht, ob ich dir das jemals gesagt habe. Ich denke schon.

Nein, sag jetzt nichts. Ich wusste vor diesem Tag gar nicht, dass es so etwas gibt. Dass man sich von einem Moment auf den anderen so in jemanden fallen lassen kann. Und dass man von jemandem so aufgefangen werden kann. Von einer Sekunde auf die andere. Habe ich dir das jemals gesagt? Nein?

Nein, antworte jetzt nicht. Du hast so oft nicht geantwortet, wenn ich nach deinen Gefühlen gefragt habe. Du hast mich dann nur mit deinen strahlenden Augen angeschaut. Das hat mir genügt. Lass deine Augen jetzt ruhig geschlossen.

Sag jetzt nichts. Lass mich nur noch ein paar Augenblicke zu dir sprechen, bevor ich zur Arbeit gehe. Du weißt, ich habe einen langen Tag vor mir. Es wird heute spät werden. Die Arbeit wächst mir über den Kopf. Und wenn ich nach Hause komme, wirst du da liegen, so wie jetzt, und du wirst schlafen. Lass mich noch ein bisschen mit dir reden. Bei der Arbeit kann ich ja nicht. Da ist keiner, mit dem ich reden könnte. Lass mich dir noch einmal sagen, dass ich dich liebe. Du bist der einzige Lichtblick des Tages und in meinem Leben. Ich sehne mich den ganzen Tag danach, zu dir nach Hause zu kommen und noch ein bisschen an deiner Bettkante zu sitzen. Manchmal fehlt mir schon, dass wir jetzt keine Zeit mehr haben, miteinander zu lachen. Manchmal fehlt mir schon, dass wir jetzt keine Zeit mehr haben, miteinander zu reden. Die Tage sind so lang und die Nächte so kurz. Ich bin so müde, wenn ich nach Hause komme. Ich weiß gar nicht, ob du mich noch hörst, wenn ich spätabends bei dir sitze und dir von meinem Tag erzähle. Manchmal fehlt mir schon, dass du mich nichts mehr fragst.

Nein, frag jetzt nicht. Schlaf ruhig weiter. Ich muss jetzt sowieso gehen.«

Der Mann steht auf, neigt sich zur Frau hinunter und küsst sie auf den Mund. Wie jeden Morgen. Dann sagt er:

»Ich liebe dich. Ich liebe dich über alles in der Welt. Weißt du, dass du mich nicht mehr anschaust, nicht mehr mit mir sprichst, daran habe ich mich gewöhnt. Das kann ich verkraften. Aber dass du nun seit Wochen nicht mehr atmest, daran werde ich mich nie gewöhnen. Sag jetzt nichts. Ich bin eh schon so spät dran. Ich muss jetzt wirklich gehen. Die Arbeit, sie wächst mir sonst über den Kopf.«

Der Mann streicht der Frau sanft über die Wange und geht aus dem Zimmer. Wie jeden Morgen. An der Tür bleibt er noch einmal stehen, dreht sich noch einmal um und winkt ihr zu. Wie jeden Morgen. Dann geht er an den Fluss und füttert die Enten mit den Brötchen, die vom Vortag übrig geblieben sind. Wie jeden Morgen. Zur Arbeit geht er schon lange nicht mehr. Aber in der Wohnung hält er es nicht mehr lange aus, seit jenem Morgen, an dem ihre Lippen blau, verschlossen und kalt waren. Er mag sich an diesen Morgen nicht erinnern.

Manchmal pflückt er ihr am Morgen einen Strauß Wiesenblumen und wirft ihn am Abend in den Fluss. Wie sollte er ihr das erklären? Wie sollte er ihr erklären, dass er Zeit hat, einen ganzen Tag lang Zeit hat, einen Strauß Wiesenblumen zu pflücken, nur für sie, wächst ihm doch die Arbeit über den Kopf. Und so geht er nach Hause, zu ihr, ohne einen Strauß Wiesenblumen, müde, wie an jedem Tag, und er erzählt ihr nichts von seinem Tag am Fluss. Wie jeden Tag. Seit jenem Morgen, an dem ihre Lippen blau, verschlossen und kalt waren.

15 Muti

Auf einer kleinen Insel mit Palmen und einem herrlich weiten weißen Strand leben Au, die Tochter eines armen Fischers, und Ra, der Sohn eines armen Fischers. Auf der kleinen Insel sind alle arm. Das stört aber niemanden. Die Menschen auf der kleinen Insel haben eine Süßwasserquelle, die an dem kleinen Berg entspringt. An den Berghängen wächst genügend Gemüse und Obst für alle. Außerdem gibt es täglich frischen Fisch. Die Menschen auf der kleinen Insel lieben frischen Fisch. Deswegen freuen sich alle, die auf der kleinen Insel geblieben sind, wenn die Fischerboote am Abend zurückkehren. Dann gibt es ein kleines Fest und alle sitzen um ein großes Feuer und feiern bis tief in die Nacht. Am Lagerfeuer erzählen die Alten die Geschichten der Ahnen. Wie die Welt erschaffen wurde, Himmel und Erde, Feuer und Wasser, die Menschen und die Tiere und die Pflanzen.
Das gibt es alles auf der kleinen Insel. Deshalb ist keiner auf der kleinen Insel arm.
Eher reich fühlen sich Au, die Fischertochter, und Ra, der Fischersohn. Sie haben nämlich erst vor wenigen Monden – so zählt man die Zeit auf der kleinen Insel – festgestellt, dass sie sich gern, ja sogar sehr gern haben.

Am liebsten wären sie immer und ewig zusammen, so gern haben sie sich. Jeden Tag, nach getaner Arbeit – und beide sind sehr fleißig – gehen sie am Strand spazieren oder an die kleine Quelle, um Frischwasser zu holen oder um frisches Obst und Gemüse zu ernten.

Am liebsten gehen die beiden baden in einer kleinen Lagune, in der das Wasser seicht ist und noch viel wärmer als das Wasser um die übrige Insel herum.

Am Abend sitzen die beiden Händchen haltend am Lagerfeuer und lauschen den Geschichten der Alten. Manchmal tanzt Au für Ra. Au ist sehr hübsch. Ra schaut Au gerne beim Tanzen zu. Sie tanzt gerne. Sie sieht dann besonders glücklich aus.

Eines Tages waren Au und Ra wieder einmal in der Lagune zum Baden. Bis zu den Hüften standen sie im Wasser, als Au einen Schrei ausstieß und nach der Hand von Ra griff: »Da war eine Haifischflosse.«

Sie hatte Angst und griff fester nach der Hand von Ra. Beide wichen einen Schritt zurück. Jetzt sah auch Ra die Flosse. Schützend legte er seinen Arm um Aus Schulter. Ra war schon einige Male mit den Fischern draußen im Meer und hatte auch schon Haie gesehen.

»Das ist kein Hai«, sagte er, »sei beruhigt.«

Aber so recht sicher war er dann doch nicht und war froh, dass auch Au ihren Arm schützend um ihn legte.

Die Flosse kam näher. Tiefblau glänzte sie in der Sonne.

»Das ist Muti«, sagte Ra, »das ist der blaue Delfin, von dem die Alten erzählen.«

Und wirklich, als der Name Muti fiel, sprang ein Delfin

aus dem Wasser und schlug so nah vor ihnen wieder auf, dass beide jetzt endgültig nass gespritzt waren.

Die beiden lachten. Das Wasser war angenehm auf ihrer Haut.

Muti lachte auch und sprang freudig immer wieder aus dem Wasser und ließ sich ganz nah vor ihnen wieder ins Wasser fallen.

»Er will mit uns spielen«, sagte Ra.

Au und Ra tauchten in das warme Lagunenwasser ein und planschten mit Muti. Muti ließ sich gerne von ihnen streicheln. Seine Haut war ganz weich.

Als die beiden gehen mussten, umarmte jeder von ihnen Muti und küsste ihn auf die Nase. Muti bedankte sich mit einem außergewöhnlich hohen Sprung aus dem Wasser.

Und als er sich wieder ins Wasser fallen ließ, spritzte das Wasser bis an den Strand.

Au und Ra standen Arm in Arm am Strand, winkten ihm noch einmal zu und schauten ihm nach bis seine tiefblaue Flosse am Horizont verschwand.

Hand in Hand gingen sie zurück ins Dorf.

Am Lagerfeuer erzählten sie niemandem, wen sie getroffen hatten.

Muti, so erzählen die Alten, sei ein Delfin, der zwischen den Welten, zwischen Himmel und Erde, hin und her springen könne. Er sei nur für die wenigen sichtbar, die an ihn glaubten, ihm mit Liebe und Vertrauen begegneten und in deren Herzen eine ewig beständige Freundschaft oder sogar Liebe heranwuchs. Für sie lebt er und ihnen steht er bei.

Wer sollte ihnen das glauben, den beiden jungen Turteltäubchen?

Au und Ra gingen noch oft zur Lagune und spielten mit Muti. Muti dankte es ihnen. Auf seine Weise. Er begleitete sie ihr ganzes Leben lang. Auf seine Weise.

Das erzählen Au und Ra heute Hand in Hand am Lagerfeuer sitzend ihren Enkeln und Urenkeln und allen andern auf der kleinen Insel.

Dann springt Muti draußen im Meer vor Freude so hoch aus dem Wasser, dass das Wasser beim Aufprallen bis an den Strand spritzt. Manchmal auch bis an das Lagerfeuer und alle werden nass.

Doch daran hat sich auf der kleinen, reichen Insel inzwischen schon jeder gewöhnt.

16 Eine wundersame Geschichte am Rande

*F*rüher kam er nur selten an jenen Ort auf den Klippen, stellte seine Staffelei auf und malte das Meer und den Himmel in blauen und grünen Farben.

Unterhalb der Klippen war ein Kiesstrand, an den sich selten jemand verirrte. Eines Tages sah er dort unten eine blonde Frau in langem beigen Mantel.

Sie ging langsam und bedächtig am Strand entlang, lehnte sich an einen haushohen Felsen und blickte lange auf das Meer hinaus. Der Maler machte einen goldgelben Fleck auf sein Bild. Die Frau kehrte um, ging ebenso langsam und bedächtig wie sie gekommen war zurück und verschwand.

Am nächsten Tag war der Maler wieder an jenem Ort auf den Klippen. Auch die blonde Frau kam wieder, ging langsam und bedächtig am Strand entlang, lehnte sich an einen haushohen Felsen und blickte lange auf das Meer hinaus.

Der Maler machte wieder einen goldgelben Fleck auf sein Bild. Die Frau kehrte um, ging ebenso langsam und bedächtig wie sie gekommen war zurück.

Am nächsten Tag war er nur wegen ihr da. Am übernächsten Tag auch. Nach einiger Zeit war das Bild von goldgelben Flecken übersät.

»Ein schönes Bild«, hörte er eine Stimme. Er sah auf. Er sah in das Gesicht der blonden Frau. All die Tage hatte er sie nur schemenhaft aus der Entfernung gesehen. Jetzt stand sie direkt neben ihm.
»Nur Meer und Himmel«, sagte er. Seine Stimme stockte.
»Und viele Sonnen«, fügte sie hinzu.
»Ihr Haar«, sagte er verlegen.
Sie lächelte.
»Malen Sie mich?«, fragte sie.
»Ja, gerne«, antwortete er.
»Wo soll ich mich hinstellen?«
»Am besten dort«. Er zeigte in Richtung Abgrund.
Sie stellte sich an den Platz, den er ihr gezeigt hatte. Hinter ihr nur das Meer, nur der Himmel und der Wind zersauste ihr blondes Haar. Was für ein Bild!
Er stellte das Bild mit den goldgelben Flecken zur Seite und stellte eine neue Leinwand auf die Staffelei. Dann hörte er einen Schrei. Er blickte auf. Die Frau war verschwunden. Er sprang auf. Ein lähmender Schmerz durchfuhr seine Beine. Er stürzte zu Boden, kroch an den Abgrund. Er sah ihre Hand, die sich ihm entgegenstreckte. Dann hörte er noch einmal einen Schrei, sah sie stürzen, weit hinab. Er sah ihren leblosen Körper auf den Steinen liegen. Ein großer roter Fleck auf weißen Steinen. Ihm wurde schwarz vor Augen.

Nach sieben Monaten wurde er aus der Klinik entlassen. Er wird nie mehr laufen können, sagten ihm die Ärzte.
»Ich werde nie mehr lachen können«, dachte er. Er war schuld an ihrem Tod, er hätte sie nie und nimmer so nah an den Abgrund schicken dürfen.

»Ich werde nie mehr malen können«, dachte er. Er fühlte sich schuldig.

Seit Jahren schleppt er sich und seine Staffelei an jenen Ort auf den Klippen. Seine Beine sind gelähmt. Mühsam ist der Weg auf Krücken. Er stellt seine Staffelei auf und malt das Meer und den Himmel in schwarz. Und ab und zu einen blutroten Punkt. Das macht er jeden Tag. Bei Wind und Wetter. Gleich, ob die Sonne scheint oder ob es stürmt. Am Abend zerreißt er sein Bild und wirft die Fetzen in den Wind. So geht es seit Jahren. An manchen Tagen schreit er »Sie muss zurückkommen« auf das Meer hinaus. Er wartet seit Jahren.
Manchmal fügt er leise hinzu:
»Ich will wieder laufen können. Ich will wieder lachen können.«

Er wartet wirklich. Er weiß, dass sie wiederkommt, erzählt er den Menschen im Dorf. Sie halten ihn für einen Verrückten.

Eines Tages sieht er sie.
Unten am Strand, die blonde Frau im langen beigen Mantel. Sie geht langsam und bedächtig am Strand entlang, lehnt sich an einen haushohen Felsen und blickt lange auf das Meer hinaus. Der Maler malt an diesem Tag einen goldgelben Fleck auf sein schwarzes Bild.
Die Frau kehrt um, geht ebenso langsam und bedächtig wie sie gekommen war zurück und verschwindet wieder.
Am Abend zerreißt er sein Bild und wirft die Fetzen in den Wind.

Am nächsten Tag sieht er wieder unten am Strand eine blonde Frau im langen beigen Mantel. Am übernächsten Tag auch. So geht das eine Weile.

»Das ist wohl ein trauriges Bild«, hört er eine Stimme. Er sieht auf. Er sieht in das Gesicht der blonden Frau. All die Tage hatte er sie nur schemenhaft aus der Entfernung gesehen. Jetzt steht sie direkt neben ihm. Sie sieht aus wie die blonde Frau von damals, nur etwas jünger und dass sie jetzt eine dicke Brille trägt.

»Nur die Nacht«, sagt er. Seine Stimme stockt.

»Und die Sonne«, fügt sie hinzu.

»Ihr Haar«, sagt er verlegen.

Sie lächelt.

»Sie kannten meine Mutter?« fragt sie.

»Ihre Mutter?«

»Ja, meine Mutter. Die Menschen im Dorf erzählen, sie wäre hier von den Klippen gestürzt. Die Menschen im Dorf sagen, Sie hätten sie gesehen.«

»Ja. Nein. Ich weiß nicht«.

»Sie war krank. Sie kam hierher zum Sterben. Sie liebte das Meer. Sie hatte nur noch wenige Tage zu leben, als sie hierher kam. Seit dem Todestag meines Vaters war sie krank. Plötzliche Schwindelanfälle. Sie hat sich nichts sehnlicher gewünscht, als dass sie auf einer Klippe stehend gemalt wird. Nur das Meer und den Himmel hinter sich. Verstehen Sie?«

»Ja. Nein. Ich weiß nicht«.

»Ich weiß auch erst seit ein paar Tagen von ihrem Wunsch. Sie hat einen Brief an einen Unbekannten geschrieben. Ich kam erst vor ein paar Tagen zurück und habe jetzt den Brief in ihrem Nachlass gefunden. Der Brief war an einen Maler gerichtet, den sie ein paar Mal hier auf den Klippen gesehen hatte. Sind Sie das?«

»Ich weiß nicht. Wir haben nur einmal miteinander gesprochen. Es war an jenem Tag, an dem sie starb. Aber auch ich habe einen Brief an eine Unbekannte. Ich trage ihn seit Jahren mit mir herum. Ich habe mir nichts sehnlicher gewünscht, als dass sie mir hier oben begegnet. Ich glaube, der Brief ist für Sie.«

Der Maler kramt in seiner Jackentasche und reicht ihr den Brief.

»Lesen Sie. Bitte lesen Sie.«

»Nein, ich möchte nicht. Nicht hier. Meine Augen, sie werden von Tag zu Tag schlechter. Seit jenem Tag, an dem meine Mutter starb. Das Lesen strengt mich so sehr an. Als ob ein undurchdringbarer Schleier über meinen Augen liegt. Die Ärzte sagen, ich werde bald nicht mehr sehen können.«

»Lesen Sie. Bitte lesen Sie. Nur das erste Wort.«

»Gut, aber nur das erste Wort«.

Sie öffnet den Umschlag und holt ein Blatt Papier heraus.

»Jeanne? Woher kennen Sie meinen Namen?«

»Das Leben schreibt wundersame Geschichten. Kommen Sie.«

Er lässt seine Krücken fallen, geht auf sie zu und nimmt sie bei der Hand. Sie gehen hinunter an den Strand und lehnen sich an den haushohen Felsen, an den sich ihre Mutter gelehnt hatte. Sie nimmt ihre Brille ab und lässt sie auf die Kieselsteine fallen.

Die Brille zerbricht.
Er lächelt.
Dann blicken sie lange auf das Meer hinaus. Oben auf den Klippen weht der Wind sein letztes schwarzes Bild weg.

Was aus den beiden geworden ist, das möchte ich nicht verraten. Nur zwei Dinge. Das erste: Seine Bilder sind so bunt wie nie zu vor.

Das zweite: Sie schaut ihm beim Malen zu.

17 Kutschers Weihnacht

Jurij hatte die Pferde gestriegelt und die Kutsche vorgefahren. Dann ging er im knöcheltiefen Schnee auf und ab. Warten auf Anoushka.

Gegen Mittag öffnete sich die schwere Eingangstür des Wohntraktes und Anoushka kam heraus. Sie trug einen dicken Mantel und eine Fellmütze. Um ihren Hals hatte sie einen langen Schal gebunden. Ihre Hände steckten in Handschuhen, ihre Füße in Winterstiefeln. Was man von ihr sah, war wunderschön.

Anoushka hielt zwei lange, rote Rosen in ihren Händen. Sie grüßte stumm.

Jurij geleitete sie zur Kutsche, öffnete die Tür und reichte Anoushka die Hand, damit sie bequem einsteigen konnte.

»Zuerst zum Friedhof?«, fragte Jurij. »Wie jedes Jahr?«

Anoushka nickte stumm.

Jurij schloss die Tür, stieg auf den Kutscherbock und gab den Pferden die Peitsche.

Die Kutsche stob davon.

Hinaus aus dem Fürstenhof, durch den ganzen Ort.

Jurij sang über die Liebe. Ein Lied nach dem anderen. Schließlich hatten sie den Friedhof erreicht.

Jurij hieß die Pferde anzuhalten, sprang vom Kutscherbock, öffnete die Tür und reichte Anoushka die Hand, damit sie bequem aussteigen konnte.

Sie dankte stumm.

Jurij ging im knöcheltiefen Schnee auf und ab, während Anoushka zum Grab ihres Vaters, dem Fürsten, ging.

Jurij sah, wie sie am Grab eine rote Rose niederlegte. Ihr Blick in die Ferne war voller Sehnsucht. Sehnsucht nach den starken Armen ihres Vaters, die sie hielten, Sehnsucht nach seinen breiten Schultern und seiner Brust, an die sie lehnte, Sehnsucht nach den Geschichten, die er am Kamin erzählte, Sehnsucht nach Wärme und Geborgenheit, die sie bei ihm gefunden hatte.

Jurij schaute die Frau an, die er seit langem schon liebte. Hundert Mal hatte er ihr es gesagt.

Nach einer Stunde kam sie zurück, ihre Nasenspitze war gerötet. Das liebte er an ihr besonders.

»Er wird niemals wiederkommen, das weißt du«, sagte er.

Anoushka nickte stumm.

»Ans Meer?«, fragte Jurij. »Wie jedes Jahr?«

Anoushka nickte stumm.

Jurij geleitete sie zur Kutsche, öffnete die Tür und reichte Anoushka die Hand, damit sie bequem einsteigen konnte.

Er schloss die Tür, stieg auf den Kutscherbock, gab den Pferden die Peitsche und die Kutsche stob davon.

Durch den ganzen Ort, durch die Wälder, über die Felder.

Jurij sang über die Liebe. Ein Lied nach dem anderen.

Schließlich hatten sie das Meer erreicht. Dort, wo der große, breite Fluss in das Meer mündete.

Jurij hieß die Pferde anzuhalten, sprang vom Kutscherbock, öffnete die Tür und reichte Anoushka die Hand, damit sie bequem aussteigen konnte.

Sie dankte stumm.

Jurij ging im knöcheltiefen Schnee auf und ab, während sie an den Strand ging.

Er sah, wie sie am Strand stand und von der zweiten roten Rose Blütenblatt für Blütenblatt ins Wasser warf. Ihr Blick in die Ferne war voller Sehnsucht. Sehnsucht nach den starken Armen ihres ertrunkenen Geliebten, die sie hielten, Sehnsucht nach seinen breiten Schultern und seiner Brust, an der sie lehnte, Sehnsucht nach seinen Händen und Lippen, die sie liebkosten, nach den zarten Küssen im Hafen, Sehnsucht nach der Anerkennung und Zuneigung, die sie von ihm bekommen hatte.

Jurij schaute die Frau an, die er seit langem schon liebte. Hundert Mal hatte er ihr es gesagt, tausend Mal geschrieben.

Nach einer Stunde kam sie zurück, ihre Nasenspitze war gerötet. Das liebte er an ihr besonders.

»Er kommt niemals wieder, das weißt du«, sagte er.

Anoushka nickte stumm.

»Nach Hause?«, fragte Jurij. »Wie jedes Jahr?«

Sie nickte stumm.

Jurij geleitete sie zur Kutsche, öffnete die Tür und reichte ihr die Hand, damit sie bequem einsteigen konnte.

Er schloss die Tür, stieg auf den Kutscherbock und gab den Pferden die Peitsche. Die Kutsche stob davon.

Über die Felder, durch die Wälder, durch den ganzen Ort. Jurij sang über die Liebe. Ein Lied nach dem anderen. Schließlich hatten sie den Fürstenhof erreicht.

Jurij hieß die Pferde anzuhalten, sprang vom Kutscherbock, öffnete die Tür und reichte ihr die Hand, damit sie bequem aussteigen konnte.

Anoushka dankte stumm.

»Sie wird niemals zu mir kommen«, dachte sich Jurij.

»Ich werde morgen gehen«, sagte Jurij, »ich werde mir eine neue Arbeit suchen.«

Sie nickte stumm.

»Ich liebe dich«, sagte er, »lebe wohl, aber lebe«.

Sie nickte stumm und ging ins Haus. Die schwere Eingangstür fiel ins Schloss.

Jurij ging im knöcheltiefen Schnee auf und ab.

Eine Stunde, zwei Stunden, drei Stunden.

Warten auf Anoushka.

Dann ging Jurij in den Trakt der Bediensteten und packte. Am nächsten Morgen verließ er den Fürstenhof.

Er marschierte los, durch den knöcheltiefen Schnee, nicht wissend wohin, nur weg.

Anoushka stand am Fenster und blickte ihm lange nach. Ihr Blick in die Ferne war voller Sehnsucht. Sehnsucht nach der Hand, die er ihr reichte, Sehnsucht nach den Liedern, die er sang, Sehnsucht nach den Liebesbriefen, die er schrieb, Sehnsucht, nach den Momenten, in denen er »Ich liebe dich« sagte, Sehnsucht nach seiner Treue und Zuverlässigkeit.

Jurij würde niemals mehr wiederkommen, das wusste sie. Nächstes Jahr würde sie einen neuen Kutscher und eine dritte rote Rose brauchen.

Sie nickte und weinte stumm.

18 Die erste gemeinsame Nacht am Feuer

Seit Monaten waren sie durch das Land gezogen und hatten ihre Kunststücke vorgeführt. Arthur, ein Seiltänzer und Jongleur, und Vérène, eine Tänzerin.

Die beiden hatten sich auf einem Jahrmarkt im Süden Frankreichs kennengelernt. Arthur hatte gerade einen Wanderzirkus verlassen. Vérène auch. Sie beschlossen, eine Zeitlang gemeinsam durch das Land zu ziehen.
Das sei sicherer für Vérène, sagte er.
Bis ich wieder irgendwo arbeiten kann, sagte sie.
Einverstanden, sagte er.

Arthur liebte es, unter dem Sternenhimmel zu schlafen. Vérène schlief im Planwagen.
Beide zogen es vor, außerhalb der Städte und Dörfer zu nächtigen. Arthur machte dann ein Feuer und Vérène bereitete das Abendessen zu. Vérène war eine exzellente Köchin.
Beim Essen saßen sie sich gegenüber.
Manchmal übten sie danach noch ein wenig. Jeder für sich oder an gemeinsamen Kunststücken.

Außerhalb der Kunststücke berührte Artur Vérène nie. Manchmal sehnte er sich schon danach.

Vérène war eine schöne, bewundernswerte Frau. Er wusste nicht, wie alt sie war, vielleicht zehn Jahre jünger als er. Er fragte sie nicht.

Arthur war kein starker Mann, von Berufs wegen eher beweglich.

Heute war alles anders.

Heute brannte das Feuer und heute waren sie zum ersten Mal auf der selben Seite des Feuers.

Heute hatte Vérène das Feuer angezündet.

Heute lag Arthurs Kopf in ihrem Schoß.

Er genoss es, ihren Atem zu spüren, wie sich ihre Bauchdecke hob und senkte. Er genoss es, dass sie ihm sanft über seine Wangen streichelte. Er genoss es, dass ab und an ihr langes Haar ihn kitzelte. Er genoss ihre Nähe, ihre Wärme, ihre Ruhe.

Von Zeit zu Zeit führte sie ihm eine Schale mit Wasser an seinen Mund. Er trank. Er genoss das Wasser, das aus ihren Händen kam.

Manchmal beugte sie sich zu ihm herunter, küsste sanft seine Stirn, seine Wangen, seine Lippen. Arthur genoss es. Wie im Paradies, dachte er.

Arthur schwitzte, sein Magen schmerzte. Arthur hielt sich seine Hände an seinen Magen. Gerne hätte er Vérène umarmt, ihre Hand gehalten, aber jedes Mal, wenn er eine seiner Hände von seinem Magen lösen wollte, schien dieser zu verbrennen.

Vérène linderte seinen Schmerz.

Arthur genoss es.
Es wurde dunkler und kälter.
Vérène fror, aber sie blieb bei ihm sitzen.
Arthur war ohnehin nicht in der Lage aufzustehen.
Das Feuer wurde schwächer und sie wagte nicht aufzustehen, wagte nicht, von Arthur zu lassen.
Sie drückte ihn an sich.
Arthur genoss es, vergaß für Momente seinen Schmerz.
Das Feuer wurde immer schwächer, um sie herum war es jetzt stockfinster. Die Nacht hatte ihre kälteste Stunde erreicht.
»Warum?«, fragte sie. »Warum, Arthur?«
»Ich tat es aus Liebe, Vérène«, antwortete er.
Wieder drückte sie ihn an sich, küsste seine Stirn, seine Wangen, seine Lippen.
Arthurs Wunde brach wieder auf, er blutete jetzt stark.
Als das Feuer erlosch, starb Arthur in ihren Armen.
Eine weiße Taube flog in dem Moment, in dem das Leben aus ihm wich, aus der Asche in den Nachthimmel.
Vérène sah ihr nach.
Sie wusste in diesem Augenblick, dass es ihr Vogel hätte sein können.
Am Nachmittag war ein fremder Mann mit einem Messer auf sie gestürzt. »Tod«, hatte er gebrüllt. Arthur hatte sich dazwischengeworfen, eine kurze Rangelei, bevor der fremde Mann überwältigt wurde. Arthur hatte geblutet. Eine kleine Wunde, hatte er gesagt. Er hatte sich einen Verband anlegen lassen. Dann waren sie hinausgezogen vor die Stadt.

Ja, müde war er an diesem Abend. Ihr Held. Ihr geliebter Held.
Sie begrub Arthur vor den Toren der Stadt.

Sie zog weiter durch das Land, bis sie einen Wanderzirkus fand, der sie aufnahm.

Vérène tanzte schöner und graziler denn je. Mit ihr tanzte eine weiße Taube.

19 Ein gemeinsamer Ort oder
Warum Bäume im Herbst die Blätter abwerfen

Auf einem Hügel nahe der Stadt stand ein Baum, der einzige weit und breit. Da er alleine stand, wusste er nicht viel vom Leben und von der Liebe.

Es war einer der ersten Frühlingstage und der Baum war noch kahl.

Eines Tages sah er einen Mann und eine Frau den Hügel heraufkommen. Sie gingen Arm in Arm. Sie lachten. Das gefiel dem Baum und er spürte Freude in sich.

Er begann zu sprießen.

Die zwei Menschen kamen zu dem Baum und setzten sich an seinen Stamm. Dem Baum gefiel es, dass sich die zwei Menschen zu ihm setzten. Endlich war er nicht mehr allein. Und er spross weiter.

Die zwei Menschen schmiegten sich aneinander, tauschten liebevolle Worte und Zärtlichkeiten aus. Noch nie zuvor hatte der Baum solch liebevolle Worte gehört. Noch nie zuvor hatte er solch eine Zärtlichkeit erfahren! Auch das Wort »Liebe« hörte er zum ersten Mal.

Das ist also Liebe, dachte sich der Baum.

Das gefiel ihm. Und er spross weiter.

Als die zwei Menschen nach einer Weile aufstanden und wieder in die Stadt hinuntergingen, verspürte er Traurigkeit. Aber er hatte gehört, dass sie wiederkommen wollten an diesen »gemeinsamen Ort«, wie sie es nannten.

Der Baum musste nicht lange warten, sie kamen bereits am nächsten Tag und setzten sich zu ihm.
Das ist also Liebe, dachte sich der Baum.
Es wurde Sommer und der Baum stand inzwischen in voller Pracht.
Die beiden Menschen kamen jeden Tag zu ihm.
Das ist also Liebe, dachte sich der Baum, wie schön.

Eines Tages stand der Mann auf und zog ein Taschenmesser aus seiner Tasche. Er klappte es auf und schnitzte ein Herz in die Rinde des Baumes. Dazu die Anfangsbuchstaben der Namen der beiden Menschen. Und »Für immer und ewig.«
Die Schnitte schmerzten den Baum. Er vergoss Tränen aus Harz. Der Baum sagte sich, wenn das Liebe ist, so will ich den Schmerz ertragen. Wieder spürte er Freude in sich. Und seine Tränen versiegten.

Es war der letzte Tag des Sommers. Der Mann erschien alleine. Er setzte sich nicht. Der Mann zog ein Messer aus seiner Tasche. Er klappte das Taschenmesser auf und schnitt das Herz samt den Initialen und samt des »Für immer und ewig« aus der Rinde des Baumes. Die Schnitte schmerzten den Baum. Er vergoss Tränen aus Harz. Eine tiefe Wunde klaffte in ihm.

Der Mann ging wieder, der Baum war allein. Der Baum weinte immer noch, die Tränen aus Harz flossen aus ihm heraus.

Ich weiß nicht, ob ich diesen Schmerz ertragen kann, dachte sich der Baum. Seine Blätter wurden welk.

Am Tag darauf – es war Herbst geworden – erschien die Frau alleine.

Sie sah die tief klaffende Wunde des Baumes und strich sanft über sie.

»Mein geliebter Baum«, sagte sie.

Auch sie weinte jetzt.

Sie lehnte sich an ihn und weinte.

Die Frau zitterte.

Der Baum spürte, dass sie fror und warf alle seine Blätter auf sie ab, um sie zu wärmen.

Die Frau schmiegte sich an ihn. Er spürte, dass sie immer noch fror.

Der Baum erinnerte sich an all die Zärtlichkeit, die sie unter ihm erfahren hatte. Kleine Äste wuchsen aus ihm, die sie berührten, umschlossen und streichelten.

Der Baum erinnerte sich an all die netten, lieben Worte, die sie bei ihm gehört und gesagt hatte.

»Ich liebe dich«, sagte der Baum, »ich wünsche mir, du könntest für immer und ewig bei mir bleiben.«

Die Frau blickte erstaunt auf.

»Du bist ein Baum«, sagte sie, »und ich ein Mensch.«

»Na und? Ich kann dich hören, dich sehen, dich spüren, dich wärmen, dich umarmen und mit dir fühlen«, sagte der Baum.

»Du hast recht, ich habe mir so oft gewünscht, für immer und ewig an diesem Ort bei dir zu sein«, sagte sie. Da verwandelten sich der Baum und die Frau in zwei liebende Wesen.

Wir können sie sehen.

Auf einem Hügel nahe der Stadt. Da stehen zwei Bäume. Sie sind die einzigen Bäume weit und breit. Sie blühen das ganze Jahr über. Ihre Rinde ist weich und ohne Makel.

Sie wissen viel vom Leben und von der Liebe. Lauschen wir ihnen. Sie erzählen uns, wie die Liebe jene Wunden heilt, die von Menschen geschlagen werden.

20 Kullerland

*A*ch ja, in Kullerland ...

In Kullerland sind die Kühe rot und gelb und blau. In Kullerland geben die Kühe Sahne, weil sie so glücklich sind. Ihre Weiden sind sattgrün und fett.
Die Hasen hüpfen das ganze Jahr über die Wiesen. Und sagen den Füchsen gute Nacht. Und umgekehrt.
Und die Hühner lachen, nee wirklich, ganz einfach so, weil es ihnen so gut geht.
In Kullerland reifen die Erdbeeren das ganze Jahr. Und an den Bäumen hängen das ganze Jahr über Pfirsiche, Kirschen, Äpfel und Birnen. Reif und süß.
Auf den Lichtungen in den Wäldern äsen die Rehe. Friedlich und gar nicht scheu. Sie lassen sich gerne streicheln. In den Wäldern duftet es nach Holunder, nach frischem Moos und nach Honig, das ganze Jahr.
Und auf den Feldern liegt das ganze Jahr über ein Duft nach Lavendel, nach Pfirsich- und Mandelblüten.
Die Häuser in Kullerland sind farbenfroh. Jedes hat eine andere Farbe. Jeder malt sein Haus an wie er es mag. Jedes Jahr neu, damit es immer zum Besuch einlädt. Die Häuser in Kullerland stehen in großen Gärten, umgeben von safti-

gen Wiesen, auf denen bunte Blumen blühen. Auch das ganze Jahr über.

Im Gras zirpen die Grillen, summen die Bienen und die Schmetterlinge schlagen mit ihren Flügeln leise und sanft klingende Melodien. Auch das ganze Jahr über.

In Kullerland wachsen rote Rosen und weiße Lilien bis hoch in den Himmel. Auch das ganze Jahr. Die roten Rosen schenkt man seiner Liebsten. Am besten jeden Tag. Die Rosen wachsen schnell nach in Kullerland.

In Kullerland scheint das ganze Jahr über die Sonne. Wenn sie am Abend untergeht, färbt sich der Himmel pastellfarben und spiegelt sich im Meer. Und Himmel und Erde werden für Augenblicke eins. Und rosa Wolken malen Herzen über den Horizont.

Über Kullerland weht stets ein leichter, lauer Wind und treibt alle Sorgen fort.

Wenn es einmal regnet in Kullerland – was selten genug vorkommt –, spannen die Menschen ihre Schirme auf. So bunt wie eine Blumenwiese. Manche nehmen sich an den Händen und tanzen im Regen.

Die Strände in Kullerland sind weit und der Sand ist weiß und weich.

Das Wasser ist flach und warm, man kann das ganze Jahr über baden.

Mit kleinen Fischerbooten kann man hinausfahren aufs Meer und die Fische springen freiwillig in die Netze.

Oder man fährt auf eine der vielen kleinen vorgelagerten Inseln, legt sich in die Sonne und lässt den Tag einen guten Tag sein.

In Kullerland arbeiten die Menschen mit Freude. Wenn

es Abend wird, gehen sie in ihre Häuser und lassen die Türen offen stehen. Sie sitzen gesellig beisammen und erzählen sich, wie schön und einzigartig es doch ist in Kullerland. Aus Kullerland mag niemand weg.

Man kann auch die Tür verschließen, Kerzen und das Kaminfeuer anzünden, gemütlich zu zweit essen, ein Glas Rotwein trinken oder eine ganze Flasche und den Frieden, die Harmonie, die Ruhe und die Stille miteinander genießen. Oder auch, dass man sich gern und viel zu erzählen hat.

Die Menschen in Kullerland sind freundlich, aufgeschlossen, offen und wohlgesinnt. In Kullerland gibt es keinen Streit, keine Missgunst, kein Misstrauen und keine Eifersucht. Es gibt nicht einmal Worte dafür.

Ach ja, in Kullerland, da ist es so traumhaft, so märchenhaft, verwunschen schön.

Woher ich Kullerland kenne?

Ein zarter Kuss auf deine Haut, so sanft, so weich, so süß und duftend wie ein Kullerpfirsich brachte mich dorthin.

Hab herzlich Dank dafür!

21 Kauri

*E*s war Herbst und ein Sturm spülte eine große Kauri-Schnecke an einen Strand, hoch oben im Norden.

Ein kleiner Junge fand die Schnecke und da er das Meeresrauschen liebte und es am liebsten immer bei sich gehabt hätte, nahm er sie mit zu sich nach Hause und hütete sie wie einen Schatz.

Es war Frühling und ein Sturm spülte eine große Kauri-Schnecke an einen Strand, tief unten im Süden.

Ein kleines Mädchen fand die Schnecke und da es das Meeresrauschen liebte und es am liebsten immer bei sich gehabt hätte, nahm es sie mit zu sich nach Hause und hütete sie wie einen Schatz.

Als am Abend für den kleinen Jungen die Zeit gekommen war, ins Bett zu gehen, fragte seine Mutter, ob er denn noch eine Gute-Nacht-Geschichte hören wolle, sagte er »Nein«.

»Nanu?«, rief ihm seine Mutter noch hinterher, aber seine Zimmertür war schon ins Schloss gefallen.

Als am Abend für das kleine Mädchen die Zeit gekommen war, ins Bett zu gehen, fragte seine Mutter, ob es denn noch eine Gute-Nacht-Geschichte hören wolle, sagte es »Nein«.
»Nanu?«, rief ihm die Mutter noch hinterher, aber die Zimmertür war schon ins Schloss gefallen.

Da lag er in seinem Bett und drückte seine Kauri-Schnecke an sein Ohr. Das Meer rauschte darin und er fühlte sich sehr wohl dabei. Er sprach mit der Kauri-Schnecke ganz leise, damit ihn niemand hören konnte.

Auch sie lag in ihrem Bett und drückte ihre Kauri-Schnecke an ihr Ohr. Das Meer rauschte darin und sie fühlte sich sehr wohl dabei. Sie sprach mit der Kauri-Schnecke ganz leise, damit sie niemand hören konnte.

Plötzlich hörte er eine Stimme aus seiner Schnecke. Die Mädchenstimme war weich und sanft, ihre Sprache war ihm fremd. Aber sie gefiel ihm.

Auch sie hörte plötzlich eine Stimme aus ihrer Schnecke. Die Jungenstimme war weich und zart, seine Sprache war ihr fremd. Aber sie gefiel ihr.

Ein wohliges Gefühl stieg in beiden auf, jeder drückte seine Kauri-Schnecke an sein Herz und schlief behaglich ein.

Am nächsten Abend wollte der Junge wieder keine Gute-Nacht-Geschichte hören, sondern möglichst schnell bei seiner Schnecke sein. Das Mädchen auch.

Wieder hörte jeder von ihnen die vertraute Stimme aus seiner Schnecke, in einer Sprache, die sie nicht verstanden.
Wieder schliefen sie ein, mit der Schnecke an ihrem Herzen, mit einem wohligen, warmen und behaglichen Gefühl.

So trafen sie sich jeden Abend.
Sie wurden sich vertraut, obgleich keiner den anderen kannte, obwohl keiner den anderen verstand.
Sie erzählten sich, was sie am Tag erlebt hatten, was ihnen Freude und Ärger bereitet hatte, was sie beschäftigte, wovon sie träumten.

Wochen und Monate vergingen. Ein zartes, unsichtbares Band wob sich von Schnecke zu Schnecke, von Herz zu Herz.
Der kleine Junge wurde ein großer Junge, das kleine Mädchen ein großes Mädchen.
Niemals versäumten sie, am Abend durch ihre Schnecken miteinander zu sprechen.

Monate und Jahre vergingen.
Dichter wob sich das zarte, unsichtbare Band von Schnecke zu Schnecke, von Herz zu Herz.
Der große Junge wurde ein junger Mann, das große Mädchen eine junge Frau.
Sie hatten die Schule abgeschlossen, eine Ausbildung begonnen.
Niemals versäumten sie, am Abend durch ihre Schnecken miteinander zu sprechen.

»Ich mache mir Sorgen um dich, Junge«, sagte seine Mutter, »du interessierst dich nicht für Frauen. Was ist mit dir?«
Er lachte und zeigte nur auf seine Kauri-Schnecke.

»Ich mache mir Sorgen um dich, Mädchen«, sagte ihre Mutter, »du interessierst dich nicht für Männer. Was ist mit dir?«
Sie lachte und zeigte nur auf ihre Kauri-Schnecke.

Er lernte Sprachen, aber er verstand noch immer nicht, was sie ihm sagte.
Sie lernte Sprachen, aber sie verstand noch immer nicht, was er ihr sagte.
Nur eines war ihnen gewiss: Der andere lebte ewig weit entfernt, vielleicht sogar am anderen Ende der Welt.

Sie schlossen ihre Ausbildungen ab, kratzten ihre Ersparnisse zusammen und jeder ging für sich in ein Reisebüro. Es war Herbst.

»Wohin soll die Reise gehen?«, fragte man ihn.
Er zuckte mit den Schultern.
»So weit das Geld reicht«, war seine Antwort.

»Wohin soll die Reise gehen?«, fragte man sie.
Sie zuckte mit den Schultern.
»So weit das Geld reicht«, war ihre Antwort.

»Wie willst du jemanden finden, von dem du nichts weißt? Weder wie er heißt noch wo er wohnt? Aussichtslos!«, sagten ihm Freunde, Bekannte und Verwandte.
Er lachte und zeigte nur auf seine Kauri-Schnecke.

»Wie willst du jemanden finden, von dem du nichts weißt? Weder wie er heißt noch wo er wohnt? Aussichtslos!«, sagten ihr Freunde, Bekannte und Verwandte.
Sie lachte und zeigte nur auf ihre Kauri-Schnecke.

Dann hob sein Flugzeug ab. Irgendwohin würde seine Reise gehen, nur nicht an das andere Ende der Welt. Dazu hatte sein Geld nicht gereicht.

Auch ihr Flugzeug hob ab. Irgendwohin würde ihre Reise gehen, nur nicht an das andere Ende der Welt. Dazu hatte ihr Geld nicht gereicht.

Er stieg aus dem Flugzeug, holte seinen Rucksack ab und nahm seine Kauri-Schnecke in die Hand. Er hielt sie ganz fest.
Er sah eine junge Frau, die in einem Lederbeutel kramte. Er ging auf sie zu. Sie lächelte ihn an. Er lächelte zurück. Er spürte ein wohliges, warmes und behagliches Gefühl. Er sagte in irgendeiner Sprache »Hallo, da bin ich« und hielt ihr seine Kauri-Schnecke an ihr Ohr.
Sie sagte in irgendeiner Sprache »Hallo, da bin ich«, kramte ihre Kauri-Schnecke aus ihrem Lederbeutel und hielt sie ihm an sein Ohr.
Sie hörten das Rauschen des Meeres, das sie so sehr lieb-

ten. Und plötzlich verstanden sie auch die Sprache des anderen.

Es war die Sprache der Liebe.